AF191655

Catherine May

IM KLEINEN SCHWARZEN
Teil 6

Erotische Erzählung

Crossdresser-Erzählungen
Band 8

Bibliographische Information der Deutschen Nationalbibliothek:
Die Deutsche Nationalbibliothek verzeichnet diese Publikation
in der Deutschen Nationalbibliografie. Detaillierte bibliografische
Daten sind im Internet unter http://dnb.dnb.de abrufbar.

Herstellung und Verlag:
BoD – Books on Demand, Norderstedt

ISBN: 978-3-7568-1456-5

Was bisher geschah

Die altbekannte Geschichte: Alex war von seiner Frau erwischt worden, wie er ihre Wäsche ausprobierte. Was der bloßen, mehr oder weniger unschuldigen Neugierde entsprungen war, hatte sich zu einem Drama entwickelt: Innerhalb kürzester Zeit hatte Eva sein Leben völlig umgekrempelt. Offenbar in Anknüpfung an ihm bisher unbekannte, sadistische Vorlieben, zu denen sie während ihrer Studienzeit einschlägige Erfahrungen gesammelt hatte, hatte sie ihn als ‚Marie' in die Rolle des Hausmädchens und zu sexuellen Dienstleistungen gezwungen, die weit über das hinausgegangen waren, was noch als Spiel hätte gelten können. Ihr Druckmittel, die Drohung der sofortigen Trennung, seines Hinauswurfs aus dem gemeinsamen Leben in eben den kompromittierenden Kleidern, in denen er seit seinem ‚Fehltritt' leben musste, hatte so weit gewirkt, dass er wenige Tage später in der Anwaltskanzlei ihres Nachbarn Paul eine Stelle als Sekretärin angetreten hatte, so elegant gestylt und gekleidet, wie man sich das von einer Sekretärin in einer prominenten Kanzlei vorstellt. Nachdem jedoch Eva provoziert und wohlwollend zugelassen hatte, dass die in ein Dirndl gekleidete Marie in einem Oktoberfest-Bierzelt von betrunkenen Männern missbraucht wurde, hatte Alex sich entschieden, Widerstand zu leisten und die Trennung in Kauf zu nehmen.

In diesem Augenblick jedoch hatte sich die finanzielle Abhängigkeit der Firma seiner Frau – ihrer gemeinsamen Lebensgrundlage – von der Anwalts-kanzlei von Paul in fataler Weise als existenzbedroh-end herausgestellt. Um die Folgen, den sofortigen Bankrott der Firma seiner Frau, aufzuhalten, war Alex gezwungen, als ‚Marie' gekleidet als ‚Pfand' einzuspringen und sich in den nicht näher definier-ten Dienst des Nachbarn zu stellen. Die erste Bedin-gung Pauls, die sofort auszuführen war, war Maries Übersiedelung auf seinen Wohnsitz im *Lake District* in England.

Hier wurde Alex überraschenderweise eine Auf-gabe angetragen, die in einem gut bezahlten Gefal-len für den behinderten, todkranken Bruder von Paul bestand. Vordergründig sollte Alex dafür eine Rolle in einer Art inoffizieller Reality-Show spielen: Marie würde zum Schein Tom heiraten und damit einen Herzenswunsch des Kranken erfüllen, so lan-ge dieser noch lebte.

Einer der Haken bestand darin, dass Tom nicht wusste, dass es sich nur um ein Schauspiel handelte. Er ging von einer wirklichen Heirat mit jener Frau aus, die zu seiner großen Begeisterung Audrey Hepburn in *Frühstück bei Tiffany* ähnelte. Und für Alex bedeutete die Aufgabe einen 24/7-Job: vollständiges Leben als Frau in einem allerdings traumhaften Um-feld, bis Tom seinem Leiden erliegen würde. Der Zeitpunkt indessen, zu dem Toms Tod zu erwarten war, war nicht genau vorauszusagen. Die Ärzte gin-gen von einigen Wochen oder Monaten aus, die der Kranke noch zu leben hatte. Aber niemand wusste es so genau. Und Alex hatte gleich in der ersten Nacht in seinem neuen Bett einen verstörenden Traum, in dem ihm mehr als anschaulich die Möglichkeit vor Augen geführt wurde, dass Tom alle täuschte und sein Leiden nur vorspielte, in Wirklichkeit jedoch kerngesund war. Und so gesund, wie er in dem Traum wirkte, so lebhaft und ausgefallen waren seine sexuellen Vorlieben und Bedürfnisse, die er offenbar an Marie auszuleben gedachte, ohne dass sie sich dagegen hätte wehren können – schon gar nicht, wenn sie erst verheiratet sein würden.

Neues Leben

Als Alex, trotz der unruhigen Nacht perfekt gestylt als attraktive Frau, das Frühstückszimmer betrat, erhoben sich Paul und Tom vom Tisch. Paul wartete ab, bis Tom seiner ‚Marie' formvollendet den Stuhl zurechtgerückt und sie sich gesetzt hatte. Dann erst setzte auch er sich wieder an den üppig gedeckten Tisch, um den gleich mehrere Dienstboten bemüht waren.

„Guten Morgen", sagte er, während Alex die Serviette auf seinem Schoß mit dem grenzwertig kurzen Rock ausbreitete, „hast du gut geschlafen in diesem riesigen, alten Bett? Ich hoffe sehr, du hast etwas Schönes geträumt! Du kennst ja diesen alten Kinderspruch: Was man in der ersten Nacht in einem fremden Bett träumt, das geht in Erfüllung!"

Alex warf einen schnellen Blick auf Tom, der sich soeben eine winzige Portion Eier, Speck, *baked beans* und Tomaten vorlegen ließ und sie mithilfe des feinen Silberbestecks vornehm zu verspeisen begann. Damit schien er zu sehr beschäftigt zu sein, um dem Gespräch zu folgen.

„Ach", sagte er, während er sich wieder Paul zuwendete, „ich glaube, ich war einfach zu müde, um überhaupt etwas zu träumen. Ich habe wunderbar geschlafen. Und jetzt habe ich einen Bärenhunger. Was ein Traumfrühstück!" Er wollte nicht über die vergangene Nacht sprechen. Noch immer fiel es ihm schwer, zwischen Traum und Wirklichkeit zu unterscheiden. Wenn er Tom ansah, konnte er sich nicht vorstellen, dass dieser stets lächelnde, von seinem Handicap unverkennbar geprägte Mensch tatsächlich getan hatte, woran er sich aus dem Traum nur allzu lebhaft erinnerte, selbst wenn er die Türen und Räume, die in dem Traum eine so entscheidende Rolle gespielt hatten, nach dem Erwachen nicht hatte wiederfinden können.

Paul war sichtlich erfreut. Er wandte sich an die Dienstboten und wies sie an, Marie mit allem zu versorgen, was sie wünschte.

Alex hatte englisches Frühstück schon immer geliebt. Je mehr er sich von der Erinnerung an seinen Traum löste und sich entspannte, umso mehr freute er sich darüber, nun das Original genießen zu können, noch dazu in einer so märchenhaften Umgebung. Er spürte, wie er trotz des ständigen Bewusstseins seiner Aufmachung und der Rolle, die er zu spielen hatte, langsam lockerer wurde. Allerdings konnte er es noch immer weder als normal ansehen, *dass* er hier war, noch, *wie* er hier saß: in Rock, Nylonstrümpfen und hochhackigen, aufreizend auf dem Parkett klackernden Schuhen, und dass er an der Kaffeetasse einen Lippenstiftrand hinterließ.

Glücklicherweise musste er nicht viel sagen. Paul wollte Marie ganz offensichtlich unterhalten und schwärmte von der Landschaft, in der sie sich hier befanden – von ihrer Schönheit, den zahlreichen Freizeit- und Erholungsmöglichkeiten, die sie bot, von der Nähe zu Schottland, zur legendären *Isle of Man* und zu Irland, das ebenfalls nicht weit entfernt war. Er erzählte von der Lebensweise, die noch sehr von der Landschaft und dem Verlauf der Jahreszeiten geprägt war, und auf Nachfrage von Alex erzählte er auch, wie er in den Besitz des Castles oberhalb des *Lake Windermere* gekommen war. Es war nicht etwa alter Familienbesitz, wie Alex angenommen hatte. Er hatte es vielmehr aus der Konkursmasse eines Klienten erhalten, dessen Vater es in den 1920er Jahren gekauft hatte, um hier das abgeschiedene Leben eines Schriftstellers in von Geschichte geschwängerter Umgebung und historischem Flair zu verbringen. Das erklärte nicht zuletzt die vielen, alten Ausgaben von Werken von Sir Walter Scott in der Bibliothek; im Verein mit Queen Victoria und Prinz Albert, erläuterte Paul, war maßgeblich Sir Walter es gewesen, der die Mittelalter- und Schottlandbegeisterung in England geprägt hatte. Allerdings war die Karriere dieses Schriftstellers trotz der hervorragenden Bibliothek und der unleugbar romantischen Umgebung anders verlaufen, als er es sich vorgestellt hatte, und die Erhaltungskosten des Schlosses waren irgendwann ins Exorbitante gestiegen. Nach dem Tod des Vaters hatte sich der Sohn des Schriftstellers von dem Anwesen trennen müssen, und da die Gebäude und der Park inzwischen in einem sehr schlechten Zustand gewesen waren, hatte Paul es, wie er sagte, ‚für einen Appel und ein Ei' erwerben können. In der Folgezeit hatte er es bewusst als eine mehr oder weniger autarke, kleine Welt für Tom umgebaut. Es war noch immer nicht fertig, aber immerhin war es zum größten Teil wieder unter einem intakten Dach und weitgehend bewohnbar.

Marie würde, wenn sie bliebe, im ältesten Teil des Schlosses wohnen, in dem sich auch die Eingangshalle, das Speise- und das Wohnzimmer befanden und der schon seit Jahrhunderten bewohnt war. Ihre Zimmer befänden sich oberhalb des Wohnzimmers mit dem großen Kamin, an dem sie am Abend zuvor gesessen hatten, während die Zimmer von Paul, Edith und Tom im angrenzenden Flügel lägen und moderner gestaltet seien, aber eben auch weniger von der Aura eines mittelalterlichen, schottischen Castles geprägt seien. Er würde Marie die Zimmer gern zeigen und selbstverständlich würde sie sich frei entscheiden können, ob sie lieber modern wohnen wollte, mit niedrigeren Decken, kleineren Fenstern, Teppichboden und Fußbodenheizung anstelle der Gewölbe, der knarzenden Holzdielen, des großen, offenen Kamins und der damit zusammenhängenden ,gesunden Zugluft', die sie aufgrund der alten Fenster in ihren derzeitigen Zimmern hätte.

Alex fragte nach dem Ankleidezimmer.

Paul nickte begeistert. „Als wir das Schloss übernahmen, fanden wir in vielen Zimmern Truhen voller Kleidung, die zum Teil offensichtlich nachgemacht ist, zum Teil aber alt sein muss, also Originalkleidung aus längst vergangenen Jahrhunderten ist. Ich habe sie vor einiger Zeit durchsehen und aussortieren lassen, was nicht mehr zu retten war. Was in deinem Ankleidezimmer hängt, sind Kleider, die noch tragbar sind. Tom hat großen Spaß daran, sich und am besten auch seine gesamte Umgebung gelegentlich in der Mode vergangener Epochen zu kleiden. Die passende Männerkleidung hat er in seinem Appartement. In deinem Ankleidezimmer hängt ein Teil der Frauenkleider."

„Einschließlich der Unterwäsche."

Paul lächelte. „Ja. Wir denken im Moment darüber nach, was wir damit machen sollen. Am besten wäre es wohl, diese Sachen an ein Museum zu stiften. Heimatmuseen gibt es hier eine ganze Menge. Die Briten lieben solche *Trusts* und kümmern sich hingebungsvoll um die Dinge, die ihnen anvertraut sind. Auf der anderen Seite können wir uns aber nicht so leicht davon trennen. Im Augenblick ist es so, dass, wenn Tom eine Epoche aussucht, wir praktisch von der Unterwäsche bis zum Schmuck alles haben, was notwendig ist."

„Was ist denn Toms Lieblingsepoche?"

„Das ist nicht leicht zu sagen. Er selbst kleidet sich gern elegant, dazu figurbetont. Das war besonders in der viktorianischen Zeit im 19. Jahrhundert beliebt. Die Männer trugen schmale Fracks, Westen aus wunderschönen Stoffen, Halstücher und gingen mit einem Spazierstock durch die Gegend, auch die jungen Männer."

„Und die Frauen?"

Paul lächelte, eher verbindlich als herzlich, wie es Alex schien. „Die Frauen waren vor allem eng und immer enger geschnürt, glaube ich. Die Röcke waren längst nicht so ausladend wie zum Beispiel im Barock, alles saß verhältnismäßig schmal an und die Oberteile waren hochgeschlossen. Viel Stoff, aber recht straff um die Figur drapiert. Das war die Epoche, in der Männer schon in Verzückung gerieten, wenn sie nur die Fußknöchel einer Frau erspähen konnten, die ansonsten vollkommen verpackt waren. *Wrapped Women*, sozusagen, lange vor Christo und der Postmoderne." Paul lachte. „Riesige Hüte, übrigens. Wegen der engen Schnürung fielen die Frauen des Öfteren in Ohnmacht – die Epoche des Riechfläschchens also."

„Und solche Sachen habt Ihr auch hier?"

„Riechfläschchen?"

„Ich meinte eher die Kleider einschließlich der Korsetts oder wie immer man die Schnürung zuwege brachte."

„Da solltest du Edith fragen, aber, ja, ich meine, mich

zu erinnern, dass wir auch schon einmal eine Party unter diesem Motto veranstaltet haben. Und Riechfläschchen haben wir selbstverständlich auch. Nur frag' mich nicht, was da hineinkam, damit die Frauen wieder ins Leben zurückfanden. Luft kann es ja schlecht gewesen sein ..."

„Was meinst du mit Party?", unterbrach Alex ihn, „Kostümpartys? Ladet ihr dann Leute ein, die alle entsprechend gekleidet sein müssen?"

Paul nickte. „Tom liebt es, wenn das Haus voll ist, Musik durch die Räume schallt und getanzt und getafelt wird. Allerdings wird tatsächlich nur eingelassen, wer sich dem Motto entsprechend gekleidet hat. Wunderbare Veranstaltungen! Dafür eignet sich das Castle ganz hervorragend; selbst an Möbeln und Accessoires wird vorher alles weggepackt, was nicht zu der gewählten Epoche passt. Oder doch fast alles."

„Die elektrische Beleuchtung?"

„Die zuallererst!"

„Die Klospülung?"

Paul lachte wieder. „Wenn ich mich richtig erinnere, haben wir in dieser Beziehung einen Kompromiss geschlossen. War es nicht so, Tom?"

Tom blickte von seinem Teller auf, grinste, und als sein Mund leer war, stieß er erst ein „Spülung muss sein!" hervor, und schob dann „Kein Plumpsklo! Kleiner Kompromiss!" hinterher und lächelte Marie an.

Auch Paul grinste. „Wir wollen ja nichts übertreiben."

„Wird es eine solche Party demnächst geben?"

„Im Augenblick ist nichts geplant. Oder, Tom?"

Tom schüttelte mit dem Kopf und lächelte schwach.

„Er hat in den nächsten Tagen einige Arzttermine,

die wollten wir erst abwarten."

Alex sah zu Thomas hinüber. Der hatte gerade sein Besteck auf dem leeren Teller zusammengelegt und stand nun auf, legte seine Serviette ordentlich auf den Tisch, verneigte sich kurz vor Marie, dann vor Paul und verließ schweigend den Raum.

„Er wird nach der Zeitung sehen", erklärte Paul. „Das macht er immer so. Um diese Zeit kommt gewöhnlich der Zeitungsbote und Tom liebt es, die Zeitung am Portal persönlich entgegenzunehmen und dem Boten dafür eine Münze in die Hand zu drücken. Auch wenn er sie erst später liest, erst nach dem Frühstück."

Alex zögerte einen Augenblick, bevor er bemerkte: „Man sieht ihm gar nichts an."

Paul nickte bekümmert. „Würdest du ihn schon etwas länger kennen, würdest du es besser erkennen. Er ist schmaler geworden. Seine Gesichtsfarbe ist nicht gesund. Und er bewegt sich behäbiger."

„Ja", stimmte Alex zu, „seine Bewegungen sind sehr langsam, das ist mir aufgefallen, fast bedächtig. Diese Bewegungen würde man eher von einem älteren Mann erwarten."

„Tatsächlich hat sich das in den vergangenen Monaten spürbar verändert."

Alex blieb für einen Augenblick still sitzen. Dann räusperte er sich, trank einen Schluck Kaffee, schaute kurz zur Tür und fragte dann: „Wie wird es denn nun weitergehen?"

Paul sah ihn mit einem Blick an, der durch ihn hindurch und in die Zukunft zu gehen schien. „Das wird nicht zuletzt davon abhängen, wie du dich entscheidest, fürchte ich. Unsere Wünsche und die Bedingungen hat Edith dir gestern bereits genannt. Hast du dazu noch Fragen?"

„Ich bin mir nicht ganz sicher, wie genau meine Aufgaben hier aussehen werden."

„Das ist eigentlich ganz einfach. Du sollst dabei helfen, Tom eine gute Zeit zu ermöglichen."

„Und dazu soll ich Audrey Hepburn spielen."

Paul musste lachen, obwohl ihm sichtlich nicht danach zumute war. „Wenn man so will", räumte er dann ein. „Hat Edith das so gesagt?"

„Darauf schien es mir hinauszulaufen."

„Na ja, ich würde eigentlich eher sagen: Du sollst so sein, wie du bist, dabei darfst du gern etwaige Ähnlichkeiten zu Audrey Hepburn unterstützen. Du solltest dich ein bisschen um Tom kümmern und auf seine Wünsche eingehen, Dinge mit ihm unternehmen, nett zu ihm sein …"

„… und ihn heiraten."

„Na ja." Paul lächelte und sah Alex gewinnend an. Dann räusperte er sich. „Wenn Tom ganz gesund wäre, würde ich jetzt sagen: Das wird sich dann zeigen. Aber nach dem, was die Ärzte sagen, bleibt uns nicht mehr viel Zeit, können wir nicht auf irgendwelche allmählichen Entwicklungen warten. Und du entsprichst in hohem Maß dem, was Tom sich offensichtlich vorstellt. Mir ist das gleich aufgefallen, als wir uns zufällig im Biergarten getroffen haben. Und die Art, wie Tom auf dich reagiert, bestärkt mich darin, dass wir die Sache richtig eingeschätzt haben." Er machte eine kurze Pause und sah vor sich hin. „Hochzeit, ja." Er schien laut nachzudenken, sah Alex dann aber wieder direkt an. „Tatsächlich ist ‚Hochzeit' für ihn seit Monaten ein großes Thema und ich musste ihm versprechen, dass ich mich nach einer passenden Kandidatin umschaue."

„Und er weiß, dass ich diese von dir ausgesuchte Kandidatin bin?"

„Ja."

Alex brannte zunehmend diese eine Frage auf der Seele, die er unbedingt ansprechen wollte. Als Paul nicht weitersprach, räusperte er sich und senkte dann seine Stimme, wobei er weiter die Tür im Auge behielt, durch die Tom verschwunden war. „Da ist noch die Frage nach seiner Sexualität. Edith konnte mir dazu gestern nichts sagen."

Paul nickte. „Das ist auch nicht ganz einfach. Auch ich bin mir nicht sicher, ob er um etwas, was wir Sexualität nennen, überhaupt weiß, ob er also etwas in sich spürt, das dem nahekommen würde."

„Hat er sich noch nie befriedigt?"

„Jedenfalls nicht so, dass ich es mitbekommen hätte."

„Ist es möglich, dass er das heimlich tut?"

„Möglich ist das schon. Ich überwache ihn ja nicht. Wir haben auch keine Kameras in seinem Apartment angebracht. Theoretisch kann er dort machen, was immer er will."

„Dann wird er doch irgendwann schon einmal an seinem ..." Alex deutete auf seinen Schoß und bemerkte zugleich, wie unpassend diese Geste war, die den Blick immerhin auf einen Rock statt auf eine Männerhose lenkte, „... herumgespielt haben."

„Schon möglich. Allerdings bin ich davon überzeugt, dass er mit mir darüber gesprochen hätte. Er kennt keine Scham, musst du wissen, vor allem nicht mir gegenüber. In seiner Direktheit spricht er, zumindest in vertrauter Umgebung, gewöhnlich alles an, was ihm durch den Kopf geht oder was ihm am Herzen liegt, und zwar ganz unmittelbar, in dem Augenblick, in dem er daran denkt." Paul machte eine kleine Pause. „So haben wir zum Beispiel extra darüber gesprochen, dass er, falls du ihm gefällst, dich nicht sofort mit der Frage überfällt, ob du ihn heiraten willst. Ich habe ihm gesagt, dass dazu ein Ritual gehört und der richtige Zeitpunkt, aber letzteres versteht er, glaube ich, nicht. Er hält sich in diesem Fall also zurück, weil ich ihn darum gebeten habe, aber es fällt ihm sichtlich schwer."

„Du meinst also, dass er sexuell ein unbeschriebenes Blatt ist und keinerlei Bedürfnisse hat, die eine Ehefrau befriedigen müsste?"

„Ich glaube, so kann man es umschreiben, ja."

„Aber sicher bist du dir nicht? Wenn er also irgendwo gesehen oder gelesen hätte, dass zu einer Hochzeit auch eine Hochzeitsnacht gehört, in der Mann und Frau sich ausziehen, ins Bett steigen und ‚ein Fleisch werden' …"

„… dann glaube ich trotzdem nicht, dass er den Kern der Hochzeitsnacht als solchen erkannt hat. Vielleicht würde er versuchen, sich dir zu nähern …"

„… würde sich ausziehen und das auch von seiner Braut erwarten; wenigstens so weit sieht man es ja in jedem zweiten Film."

Paul nickte nachdenklich.

„Und dann würde er sich ins Bett legen und von seiner Braut erwarten, dass sie das gleiche tut."

Wieder nickte Paul.

„Und er würde sich auf sie legen …"

„Aber was das ‚sich Vereinigen' wirklich heißt," wandte Paul an dieser Stelle ein, „das weiß er sicherlich nicht. Und du kannst dich außerdem wehren. Auch das sieht man in Filmen."

„Aber immerhin würde die Braut entsprechende Dessous tragen, ein Strumpfband und ... Accessoires, die einen Mann gewöhnlich erregen."

„Nur dass er eben kein ‚normaler' Mann ist. Und er geht so sehr in der Rolle des Gentleman auf, dass er auch in dieser Situation sicher nichts tun würde, was dir nicht recht ist. Er würde dich niemals zu etwas zwingen, glaube mir. Im Zweifelsfall gibst du eben Migräne vor."

„Über Wochen?"

„Wenn sich soetwas abzeichnen würde, würde uns schon etwas einfallen. Und – nebenbei gesagt – *welche* Dessous du trägst und wie erregend sie auf einen Mann wirken, hast du ja selbst in der Hand. Soweit ich weiß, gibt es auch da die unterschiedlichsten Möglichkeiten. Du *musst* ja nicht Strapse und Seide und Spitze tragen, wenn du nicht willst."

Alex nickte. „Noch etwas: Wenn ich ihn wirklich heiraten sollte, dann bräuchte das doch Zeit für all die Vorbereitungen. Ein halbes Jahr, ein Jahr mindestens."

Paul schüttelte bekümmert den Kopf. „Diese Zeit haben wir nicht. Es geht ja gerade darum, das Ganze in der wenigen Zeit, die uns bleibt, zu bewerkstelligen. Es würde auch keine Riesenhochzeit mit 150, 200 oder noch mehr Gästen sein, wir würden das im sehr kleinen Kreis machen. 15, vielleicht 20 Personen, allerhöchstens. Der engste Kreis von unseren liebsten Freunden. Die wären schnell eingeladen. Wir haben hier alle Räumlichkeiten – du bräuchtest nur ein Kleid, wir müssten Ringe aussuchen – und über eine Hochzeitsreise können wir nachdenken. Dafür brauchen wir aber kein ganzes Jahr!"

Alex nickte wieder.

„Und, *by the way*," setzte Paul seine Ausführungen fort, „hat Edith mit dir über die finanziellen Aspekte gesprochen? Du könntest dabei einiges Geld verdienen, das es dir ermöglichen würde, über deine Zukunft und die Fortsetzung dieses ... Experiments" – Paul deutete vage in Richtung von Alex' Brust mit dem sich deutlich abzeichnenden Busen – „ohne irgendwelche Fragen nach Notwendigkeiten, nach Lebensunterhalt und ähnlichem nachzudenken."

„Ja, auch das hat Edith angedeutet."

„Wenn du über das Geld verhandeln willst ..."

„Nein, nein, danke, Paul! Euer Angebot kommt mir auch so schon geradezu unmoralisch vor."

Paul sah ihn ernst an. „Nun, unmoralisch ist es sicher nicht. Es soll für dich Anreiz sein und uns gibt es das gute Gefühl, dass du angemessen entlohnt wirst und wir dir auf diese Weise nichts schuldig bleiben."

„Ich werde viele Utensilien brauchen. Ich habe ja nichts mitgebracht. Ich meine, ich brauche Kleider, Schuhe, Schmuck, Handtaschen ..."

„Das alles ist kein Problem, glaub mir! Du kannst dich sogar vollständig als Tennisspielerin oder Golferin oder Motorradfahrerin ausstatten und wir besorgen dir die entsprechende Ausstattung dazu."

„Auch das zugehörige Motorrad?" Alex schmunzelte, denn er nahm an, dass Paul nun einen vornehmen Rückzieher machen würde.

„Warum nicht. Die Ledermontur allein macht ja wenig Sinn."

„Du würdest mir ein Motorrad zur Verfügung stellen?" Alex machte große Augen.

„Sicher."

„Und ich könnte damit herumfahren?"

„Selbstverständlich."

Alex zögerte einen Augenblick. „Als Frau oder als Mann?"

Paul lächelte. „Als Frau. Das wäre die Bedingung. *Marie* fährt Motorrad. Nicht Alex."

„Warum? Warum kann ich das nicht als kleine Auszeit von meiner Aufgabe haben. Tom müsste davon nichts mitbekommen."

„Eben das können wir aber nicht garantieren. Weder du noch er sind Gefangene in diesen Mauern und es würde ziemlich schwierig werden, eine glaubwürdige Erklärung zu finden, wenn er dich trotz aller Vorsicht sieht, wie du auf's Motorrad steigst oder damit wiederkommst."

„Aber man könnte ihn ablenken, während ich losfahre."

„Nein!" Paul war plötzlich sehr bestimmt. „Keine Ausnahmen! Du kannst alles haben und machen, was du willst, wie gesagt: auch Golf oder Tennis spielen, auch außerhalb unseres Anwesens. Aber du musst es als Frau tun! So lange du hier bist und dein Vertrag läuft, bist du ‚Marie'. Durchgehend! 24 Stunden am Tag, sieben Tage die Woche."

Alex nickte.

Offenbar sah Paul ihm die Enttäuschung an. „Das ist aber doch kein Drama", versuchte er einzulenken. „Du wirst ohnehin die ganze Zeit als Frau hier herumlaufen müssen. Da wird es auch für Dich irgendwann eher ungewohnt sein, plötzlich als Mann auf Tour zu gehen. Außerdem", er lächelte, „gibt es sicher schlimmeres, als als Motorradbraut in einer heißen Motorradkombi durch die Gegend zu fahren, meinst du nicht?"

Alex musste sich das Bild erst vor sein inneres Auge holen. Natürlich hatte auch er Frauen in Leder-Motorradoutfit immer heiß gefunden. Die Vorstellung, selbst eine solche Kombi zu tragen, übte unverkennbar einen Reiz auf ihn aus. Er musste schmunzeln. Es wurde ihm warm, er spürte, wie ihn diese Vorstellung erregte. „Aber ob ich mich dann noch auf's Fahren konzentrieren kann ..."

„Das wirst du schon schnell genug herausfinden. Aber andere Frauen können das ja auch."

„*Andere* Frauen?"

„Ich weiß, was du sagen willst. Aber ... vielleicht ist es gut, jetzt darüber zu sprechen, noch bevor du den Vertrag unterschrieben hast. Du solltest dir eines klar machen: Wenn du diese Aufgabe übernimmst, dann wirst du für die Zeit, die du hier bist, Frau sein. Kein einziges, männliches Wäschestück in deinem Schrank, keine heimlichen Ausbrüche. Darüber wird es keinerlei Diskussion geben."

Es war ganz deutlich, dass Paul es ernst meinte.

„Okay?"

Alex nickte. „Ich verstehe."

„Und was sagst du dazu?"

Alex zögerte. „Ich weiß noch nicht recht. Bisher sah es nach einem Job aus ... plötzlich ist es *mein Leben*."

Auch Paul nickte. „So kann man es sagen. Jedenfalls so lange du hier bist und deiner Aufgabe nachgehst. So lange gibt es für dich nur ein Leben als Frau."

„Auch auf dem Motorrad."

„Auch auf dem Motorrad! Natürlich wirst du Freizeit und Auszeiten haben, die du mit dir selbst oder wem auch immer verbringen kannst. Aber selbst in dieser Zeit wirst du *als Frau* leben. Du gehst als Frau Schwimmen, wenn du das willst, du gehst als Frau ins Kino, selbst wenn du allein dorthin gehst. Du fährst als Frau Motorrad, selbst wenn du zwei Tage unterwegs bist."

„Zwei Tage?"

„Na ja, das wäre nichts Ungewöhnliches. Außer Tom sind wir alle ziemlich viel unterwegs. Und auch du bist ja kein Gefangener hier! Eher so etwas wie ein Angestellter, denn wir würden, wenn du dich dafür entscheidest, einen Arbeitsvertrag mit dir machen, ich würde dich ganz regulär anstellen. Aber das bedeutet nicht, dass du nicht auch … eine Freundin oder sogar ein Familienmitglied bist, also zu uns dazugehörst, zur Familie! Schließlich wirst du mit Tom verlobt, später sogar verheiratet sein."

„Aber doch nicht richtig."

„Wie gesagt: dieses ‚nicht richtig' gibt es von jetzt an nicht mehr. Du bist Marie und Marie wird demnächst in unsere Familie einheiraten. Das sind die Fakten."

In diesem Augenblick lief es Alex kalt den Rücken herunter. So weit würde Paul gehen? Als ‚Marie' würde er zur Familie gehören, würde hier als zukünftige Frau von Tom leben und zugleich ein gewisses Privatleben haben, das er aber ebenfalls nur als Frau verbringen durfte.

Gedanken und Bilder schossen ihm durch den Kopf. Marie im Schwimmbad, auf dem Tennisplatz – im kurzen, weißen Röckchen auf dem roten Tennisboden –, Marie in Leder-Kombi auf dem Motorrad …

Marie als Motorradbraut. Langsam entwickelte sich dieses Bild und wurde zu einer ziemlich heißen Vorstellung. Allerdings: Das Bild, das er vor Augen hatte, war nicht etwa das einer begehrenswerten Frau, die er anmachen konnte. Das war *er*! *Er* würde in dieser heißen Kombi stecken ... Zugleich spürte Alex überrascht, dass ihn diese Vorstellung erregte. Das würde er *sehr* gern ausprobieren! Andererseits war er verunsichert, als ihm klar wurde, dass er das nicht nur interessant, dass er es vielmehr *heiß* fand! Er spürte Erregung in sich aufsteigen. Aber wie konnte das möglich sein?

Er bemühte sich wieder, sich zu konzentrieren und einen kühlen Kopf zu bekommen. „Okay." Er musste sich räuspern, um die Stimme vollständig in den Griff zu bekommen. „Aber wo ist der Haken?"

„Der Haken?" Paul sah ihn erstaunt an.

„Entschuldige, Paul", entgegnete er nun mit einigem Temperament. „Dieses Angebot ist viel zu gut, um *keinen* Haken zu haben."

Paul überlegte einen Augenblick. „Na ja, offenbar haben wir ihn ja gerade gefunden. Du wirst hier *als Frau* leben müssen, vollständig, ohne jede Ausnahme und mit allem, was dazugehört, auch wenn du nicht hier auf dem Gelände bist, selbst wenn du meinst, dass du allein bist und keiner von uns dich sehen kann. Vorhin schien das in deinen Augen noch ein Haken zu sein, oder nicht?"

„Sicher", nun zögerte Alex, „wirklich schlimm scheint es aber auch wieder nicht zu sein, für einige Zeit und für viel Geld Röcke, Make-up und Schuhe mit Absätzen – oder eben eine Damen-Motorradkombi – tragen zu müssen. Jedenfalls so lange man dafür nicht ausgelacht wird. Ich meine: unter diesen Umständen, in einer solchen Umgebung und offenbar ohne, dass die Frau in mir irgendwelche Kompromisse schließen müsste, zumindest was die Ausstattung angeht."

Paul nickte. „Das beruhigt mich. Allerdings ist es ja nicht nur die Tatsache, dass du diese Rolle spielen musst, dass du also kurzfristig schöne Frauenkleider und unbequeme Schuhe tragen, dich schminken und frisieren musst. Es ist vor allem so, dass du, so lange ..." – er zögerte kurz, fuhr dann aber fort: „so lange das Ganze eben dauert, aus dieser Rolle nicht heraus können wirst. Ich meine nicht nur für ein paar Stunden, sondern vollständig. Wenn wir diesen Vertrag schließen, dann wird es *kein Kündigungsrecht* geben! Da hat auch die Gewerkschaft kein Mitspracherecht, und hier bist du weit weg von jeder Gewerkschaft! Was auch immer passiert: du wirst hierbleiben und weiter als Frau hier leben, bis wir uns einig sind, dass es nicht mehr notwendig oder sinnvoll ist! Verstehst du? Um Tom zu schützen, wird der Vertrag eine Klausel enthalten, die ausschließt, dass du einfach gehst, wenn dir danach ist! Dass du aus dem Projekt aussteigst. Für Tom ist das Ganze ja kein Arbeitsvertrag, der gekündigt werden kann. In seiner Vorstellung betrifft das sein Leben und ist weder Spiel noch Anekdote, und eine Ehe ist in seinen Augen natürlich unaufhebbar!"

Alex nickte. Das war eindeutig ein weiterer, vielleicht noch größerer Haken: die Eventualitäten waren nicht überschaubar! Auch nicht die Zeit, die er durch den Vertrag gebunden sein würde. Was war zum Beispiel, wenn Tom doch noch ein ganzes Jahr durchhielt? Oder zwei? (Wieder musste er an den Traum der vergangenen Nacht denken.) Für Marie würde es dieser Klausel entsprechend keine Möglichkeit geben, einfach von der Bildfläche zu verschwinden. Oder wenn der frischgebackene Ehemann plötzlich seine Sexualität entdeckte? Schließlich kam auch das in den Filmen vor, die er offensichtlich so liebte. Wenn er diesen Vorbildern entsprechend Dinge von seiner Ehefrau verlangte, die weit über das hinausgingen, was er, Alex, bereit war, zu geben? Und bei seiner Krankheit – Alex traute sich fast nicht, weiterzudenken – konnten das Perversitäten sein, deren Bedeutung er selbst vielleicht gar nicht erkannte.

Er wurde den Gedanken an den vermaledeiten Traum nicht los. War es denkbar, dass etwas daran wahr war? Dass Tom nur spielte, ein Doppelleben führte, von dem niemand in diesem Haus eine Ahnung hatte? Wenn dem so war, würde der Job wesentlich länger dauern, als es im Augenblick absehbar war, und vermutlich auch Dinge einschließen, die er sich im Vorhinein kaum vorstellen konnte.

Andererseits: Hier war so viel Geld im Spiel ... Edith hatte recht: Das Leben einer Frau hatte auch schöne Seiten. Und das Leben einer *reichen* Frau wahrscheinlich noch sehr viel mehr! Und wenn Paul ihm die Freiheit ließ, selbstständig Dinge zu unternehmen, taten sich sogar ganz neue Möglichkeiten auf! Sicher, es wäre ein Job ohne Kündigungsmöglichkeit. Aber er würde auch Freiheiten haben, ein gewisses Privatleben sogar, dem kaum finanzielle Grenzen gesetzt zu sein schienen. Und auch eine Frau konnte ja schöne Dinge unternehmen ...

Paul hatte ihn aufmerksam beobachtet. Nach einiger Zeit setzte er vorsichtig erneut an. „Darf ich noch etwas sagen?"

Alex tauchte aus seinen Gedanken wieder auf. „Selbstverständlich."

„Versteh mich bitte nicht falsch, aber ich möchte ganz ehrlich zu dir sein: Ich finde dich toll als Frau!

Wirklich! Und Edith geht es ebenso. Du siehst toll aus und wirkst absolut authentisch. Du hast eine wunderbare Ausstrahlung, und es wäre wirklich kein Wunder, wenn Tom sich ernsthaft in dich verlieben würde."

Alex wurde rot und schlug die Augen nieder. Er war vollkommen ungeübt darin, mit solchen Komplimenten umzugehen. Und natürlich konnte er auch kaum glauben, was er hörte. Andererseits musste er sich eingestehen, dass es guttat. Nicht zuletzt gab es da die ständige Angst, lächerlich zu wirken und von anderen ausgelacht zu werden.

„Und falls du um deinen Ruf als Mann besorgt bist: Du musst durchaus nicht fürchten, dass einer von uns dich weniger schätzen würde, weil du gerade einen Rock statt Hosen trägst und dich schminkst und auf hohen Schuhen hier herumläufst ..."

„... und mir einen Silikonbusen anklebe und die Finger- und Fußnägel lackiere und ..." Alex verstummte. Was ihm auf der Zunge gelegen hatte, waren vielleicht ein paar Details, die auch Paul nicht unbedingt wissen musste.

Paul lächelte. „Auch das. Außerdem weiß ich, dass du eine hervorragende Assistentin wärest, wenn du weiter bereit wärest, in unserer Kanzlei zu arbeiten. Und schließlich finde ich es mehr als mutig, dass du all das auf dich nimmst! Ich meine, welcher Mann würde sich soetwas trauen! Als Frau zu leben, obwohl du nicht schwul oder transsexuell bist und nicht einmal Erfahrung mit dem Crossdressing hast. Das letzte, was du hier bei uns also fürchten musst, ist, in unserer Achtung zu sinken, weil du dich auf diesen schwierigen Auftrag einlässt!"

Alex war noch immer verlegen. Wieder musste er

sich räuspern, um sicher zu sein, dass seine Stimme nicht versagte. Aber: ja, es fühlte sich gut an. Und er glaubte Paul.

Er atmete tief ein, streckte den Rücken durch, sah sich demonstrativ auf dem großen Tisch um und sagte: „Und? Wo ist der Sekt? Wir sollten doch darauf anstoßen, oder nicht!"

Paul sah ihn erfreut an. „Du bist also dabei?"

„Ich bin dabei!" Er konnte sowieso nicht mehr zurück, nicht in jenes Leben, das er zu Hause bei Eva zurückgelassen hatte, selbst wenn er dort wieder als Mann leben würde. Nicht nach dem, was geschehen war, was Eva mit ihm gemacht hatte. Und wenn Paul und Edith davon überzeugt waren, dass er diese absurde Aufgabe schaffen würde, glaubwürdig und ohne dass Tom etwas merkte, und ihm dafür sogar so viel Geld boten, warum sollte er diese Aufgabe dann nicht annehmen. „Ich werde den Vertrag unterschreiben," sagte er fast mehr zu sich selbst als zu Paul, „sobald du ihn mir vorlegst – und dann … auf in ein neues Leben – ein Leben als Burgfräulein!"

Beide lachten.

„Als Burgfräulein, genau", pflichtete Paul bei, „wenn du willst, kannst du auch ein Turmzimmer haben, aus dem du dein Haar heraushängen lassen kannst, um Prinzenbesuch zu empfangen!"

„Dann müsste ich allerdings mindestens zehn Jahre hier bleiben, bis mein Haar auch nur annähernd so lang geworden ist …"

Vorbereitungen

„Das Leben einer Frau kann *wirklich* sehr schön sein", begann Edith, als sie und Alex nach dem Mittagessen im Auto saßen und in die kleine Stadt fuhren. „Es gibt viele Dinge, mit denen wir uns etwas Gutes tun können. Schließlich soll eine Frau ja attraktiv sein, damit die Männer sich an unserem Anblick erfreuen können. Dafür gibt es viele Hilfsmittel, von denen die meisten Spaß machen oder ausdrücklich zu unserem Wohlbefinden beitragen. Du wirst schon sehen!"

„Was genau werde ich denn sehen?" Alex saß in einem eleganten Rock, einem Jackett im Landadeligen-Reiterlook und mit dazu passenden, braunen Lederstiefeln neben Edith auf der Rückbank des Wagens und genoss die Beinfreiheit, die es ihm erlaubte, die Beine übereinander zu schlagen – und ein wenig zu üben, dies zu tun, ohne dass ihm jemand unter den Rock schauen konnte.

„Wart's ab!"

Und dann folgte eine *Tour de force* durch Boutiquen, Schuhgeschäfte, Kosmetiksalons und Juweliergeschäfte, und Edith nutzte in einigen von ihnen den ‚Bring-Service', der sie davor bewahrte, mit Einkaufstüten bepackt weiterlaufen zu müssen. Aber trotz *Tour de force* verstand es Edith auch, dafür zu sorgen, dass Marie weder die Geduld noch den Spaß verlor. Auch sie selbst lachte viel und die Art und Weise, wie sie sie dirigierte und beriet, verriet nicht nur großes Geschick in einer solchen, beratenden Tätigkeit, sondern auch echte Anteilnahme: eine ehrliche Freude daran, aus

Marie eine modische, attraktive Frau zu machen, die kurz davor stand, sich zu verloben. Und so konnte Alex sich für einige Zeit fallenlassen, die Eigenartigkeit der Situation vergessen und sich auf seine neue Existenz als Marie einlassen.

Zu seiner Überraschung entdeckten Marie und Edith schnell ein gemeinsames Interesse für Mode und Styling der ersten Hälfte des 20. Jahrhunderts. Auch Alex hatten Frauen, die in diesem sehr weiblichen Stil auftraten, schon immer gefallen. Als Marie lernte er all dies nun mit anderen Augen zu sehen. Tatsächlich waren sie beide als Frauen Typen, die gut in die 1920er, -30er oder -40er Jahre gepasst hätten, was besonders deutlich wurde, als sie entsprechende ‚Vintage'-Kleider fanden und einige von ihnen anprobierten. Edith hatte noch dazu eine Frisur – die schwarzen Haare nur bis zum Nacken, aber betont weiblich, strenger Scheitel etwas links der Mitte und mit dem Lockenstab erzeugte Wellen an den Haarenden –, die ohne weiteres in diese Zeit gepasst hätte. Das war für sie selbstverständlich nichts Neues, aber offenbar genoss sie es, in Marie eine Verbündete zu finden, für die so ziemlich alles neu war.

Irgendwann am späten Nachmittag setzten sie sich in ein Café und erholten sich ein wenig.

„Was hältst du davon, wenn wir gleich morgen für dich einen Termin beim Friseur machen?", fragte Edith irgendwann. „Vielleicht möchtest du angesichts deines neuen Lebens als Burgfräulein eine andere Frisur haben? Du weißt ja: größere Veränderungen im Leben einer Frau werden gewöhnlich durch eine neue Frisur angezeigt."

Maries Haare waren erst vor wenigen Tagen geschnitten und gestylt worden, als sie die Stelle als Sekretärin bei Paul angetreten hatte. Sie waren seither praktisch nicht gewachsen. Als Alex nun darüber nachdachte, fiel ihm auf: dass Marie ihren ersten Arbeitstag in der Kanzlei hatte, war erst fünf Tage her! Unglaubliche fünf Tage! Es kam ihm viel länger vor.

Trotzdem: Aus Männerperspektive jedenfalls gab es keinerlei Notwendigkeit für einen erneuten Friseurbesuch.

Edith sah ihm seine Gedanken offenbar an. „Ich persönlich fände es, wenn ich ehrlich sein darf, schön, wenn du längere Haare hättest."

„Aber du hast auch keine langen Haare," wandte Alex ein, „und siehst trotzdem umwerfend aus und so weiblich wie es nur irgend vorstellbar ist!"

„Ich bin auch nicht der Typ dafür. Du aber schon. Du hast eine Kopfform, an der ich mir sehr gut einen Lockenkopf vorstellen könnte. Zumindest bis in den Nacken, wellige, große Locken, in die man auch einmal eine Spange oder sogar eine Blume stecken kann und unter dem die Ohrgehänge wie verborgene Schätze schimmern."

„Warum nicht gleich einen blonden Lockenkopf, wie ein Rauschgoldengel ..." Alex spürte, wie etwas in ihm aufstieg, das sich ein wenig wie Panik anfühlte. Blonde Locken, Ohrringe ... Wurde Marie langsam hysterisch?

„Nein, ,blond' in diesem Sinn bist du ja nicht, auch kein blonder Engel. Die dunklen Haare passen sehr gut zu dir, deswegen könnten es ruhig ein bisschen mehr davon sein."

„Mehr?"

„Längere Haare wirken wie ,mehr'."

„Aber das wird dauern, bis die Haare nachgewachsen sind."

„Nicht unbedingt. Seit einiger Zeit haben wir Frauen die wunderbare Möglichkeit der künstlichen Haarverlängerung. So können wir innerhalb eines Nachmittags von einer Kurzhaarfrisur zu einer langen Mähne wechseln, ohne eine Perücke tragen zu müssen, wobei es diese Möglichkeit – Perücke – natürlich auch noch gibt. Denn schließlich, erinnerst du dich: Audrey Hepburn hat auch lange Haare, die sie meist zu Hochsteckfrisuren arrangiert hat. Und darin ist sicherlich ein Gutteil ihrer Wirkung zu sehen."

Alex nickte. „Und unter einem Motorradhelm sind lange Haare auch schick. Die kann man zu einem Zopf flechten, der dann hinten heraus hängt."

„Motorradhelm?"

„Paul hat angeboten, dass ich in meiner Freizeit Motorrad fahren könnte. Dabei müsste ich einen Helm tragen."

„Du willst Motorrad fahren?"

„Das mache ich schon immer leidenschaftlich gern."

Nun nickte Edith. Ihr war anzusehen, dass ihr Gedanken durch den Kopf schossen. „Dann müssen wir dich aber auch dafür einkleiden. Du brauchst eine Motorradkombi."

„Hose und Motorradjacke würden es ja auch tun. Ist ja nur für …"

„Nein, nein, mach bloß keinen Rückzieher. Eine so attraktive Frau wie du auf einem Motorrad! Da ist eine gutsitzende Motorradkombi aus Leder ein absolutes Muss! Am besten in Rot. Ferrari-Rot. Allerdings" – sie sah an Marie hinunter – „brauchst du dann Kurven!"

„Wenn es weiterhin so üppiges Frühstück gibt, werde ich schon bald …"

„Nein: *richtige* Kurven! Kurven an den richtigen Stellen! *Frauen*kurven: Hüften, Oberschenkel …"

„Busen."

„Über eine ordentliche Taille wollte ich ohnehin noch mit dir sprechen."

„Mit einem Korsett bin ich schon vertraut." Alex winkte ab, sein Blick verdüsterte sich.

„Das ist gut! Dann können wir da gleich auf einem höheren Level einsteigen." Edith versank für einen Augenblick in Gedanken. Dann räusperte sie sich. „Gut. Ich werde das für dich vorbereiten. Sei unbesorgt, wir werden nicht lange auf einen Termin beim Friseur warten müssen. Erst den Zopf, dann das Motorrad. Und für den Rest werde ich mit jemandem sprechen."

Nicht zum ersten Mal wurde es Alex mulmig.

Der Nachmittag und die Shopping-Tour nahmen ihren Lauf. Edith schien auf einer imaginären Liste Punkt für Punkt abzuhaken. Schließlich kam sie zu einem Thema, mit dem ein ganz neues Kapitel zu beginnen schien.

„Ich denke, Tom wird dir in den nächsten Tagen einen Antrag machen."

„Einen Heiratsantrag?" Alex spürte, wie ihm die Luft wegblieb, obwohl er eigentlich darauf hätte vorbereitet sein müssen. Nun konnte er das nervöse Kribbeln in seiner Magengegend, das er schon länger wahrgenommen hatte, zuordnen: offenbar hatte etwas in ihm schon darauf gewartet und die Panik schon einmal vorgewärmt. Seine wunderschön manikürten Finger begannen zu zittern. „Aber er kennt mich doch erst seit gestern!"

Edith nickte. „Ich glaube, das reicht ihm. Er reagiert

auf alles sehr direkt, sozusagen naiv. Und nach dem, wie er auf dich reagiert hat, würde ich sagen, dass es daran keinen Zweifel geben kann."

Alex saß da wie erstarrt.

„In deinem Arbeitsvertrag, der heute fertiggestellt wird, wird drinstehen, dass du diesen annimmst und dich in einer inoffiziellen Zeremonie mit Tom verheiraten wirst. Diese Zeremonie gilt es selbstverständlich vorzubereiten."

Alex versuchte sich zu konzentrieren, das Zittern wollte nicht nachlassen.

„Bei einer ‚normalen' Hochzeit beginnen die Vorbereitungen, wie du vielleicht schon einmal gehört hast – denn jedes Mädchen verwendet viele Stunden darauf, davon zu träumen –, mindestens zwölf Monate vor dem Termin. Man überlegt sich, ob man z.B. einen bestimmten Stil für die Feier wählen will. Gerade in Toms Fall keine unwichtige Frage, es kann gut sein, dass er sich wünscht, dass alle Gäste und auch wir im Stil der 1910er oder -20er Jahre erscheinen. Außerdem legt man den Termin fest und stellt eine Gästeliste zusammen, sucht nach einem Lokal, nach Trauzeugen, einem Redner usw."

„Zwölf Monate vorher?!"

Edith nickte. „Wenn man beispielsweise in Bezug auf das Lokal nicht nehmen will, was übriggeblieben ist, lohnt sich das, vor allem hier auf dem Land. Auch einen Fotografen muss man gewöhnlich früh genug buchen. Wenn es vorher eine Verlobungsfeier gibt, muss man auch die planen."

„Aber so viel Zeit haben wir nicht, wenn ich es richtig verstanden habe. Jedenfalls wenn man den Ärzten Glauben schenkt."

„Außerdem sind einige Sachen bei uns nicht notwendig. Immerhin haben wir einen Ort: auf unserem Gelände steht sogar eine eigene Kapelle, die sich hervorragend dafür eignet. Die Trauzeugen stehen schon fest, die Liste der Gäste wird überschaubar sein und sie alle werden um die Dringlichkeit des Termins und seine Bedeutung wissen."

„Auch um die Besonderheit der Braut?"

Edith zögerte. „Sicher. Sie werden über Toms Zustand Bescheid wissen."

„Ich meine: Werden sie *alles* wissen? Auch über die Braut?"

„Du meinst, dass ‚Marie' gewöhnlich nicht in Rock und Stöckelschuhen durch die Gegend läuft?"

Alex nickte.

„Nicht notwendigerweise, nein. Jedenfalls nicht alle. Bisher haben wir den meisten nur gesagt, dass wir aus Deutschland jemanden mitgebracht haben, der bereit ist, die Aufgabe zu übernehmen. Mehr wollen wir eigentlich nicht verraten. Dass es keine richtige Hochzeit ist, ist jedem klar. Jeder, der bei dieser Hochzeit dabei sein wird, steht uns so nahe, dass er weiß, worum es hier geht und wird kommen, damit es für Tom ein besonders schöner, besonders festlicher Tag wird – eben: der schönste Tag in seinem leider allzu kurzen Leben."

Edith blickte Marie an und schien auf die nächste Frage zu warten.

Alex zwang sich zu Sachlichkeit. Das Zittern hatte sich in seinem ganzen Körper festgesetzt, vor allem in der Magengrube, wo es noch immer kribbelte.

„Ähm – wie formell wird die Feier denn eigentlich? Ich meine, wird es zum Beispiel Brautjungfern und irgendwelche Spielchen geben, Balken zersägen oder soetwas?"

„Das muss die Braut entscheiden."

‚Die Braut' – immer wenn dieser Begriff fiel, hatte Alex das Bild einer wunderschönen Frau mit langen, goldenen Locken, einem ausladenden, langen Kleid, einem über den Boden schleifenden Schleier vor Augen, einer mit weißen Blumen geschmückten Hochsteckfrisur und nicht zuletzt die Vorstellung von dem verführerischen ‚Darunter'. Nur *sein* Gesicht wollte dazu nicht passen. Er zwang sich, möglichst systematisch zu denken und verdrängte die Bilder wieder, als hätten sie nichts mit ihm zu tun. „Tom würde sich sicher freuen, wenn alte Bräuche respektiert würden, oder nicht? Brautjungfern um seine Braut herum – das würde ihm bestimmt gefallen. Er mag es doch festlich."

„Das ist richtig. Außerdem könnten dir die Brautjungfern helfen bei allem, was du an diesem Tag so tun musst."

‚Dir' … ‚die Brautjungfern könnten *dir* helfen …'. Er wollte nicht, dass sich die Panik angesichts dieser absurden Vorstellung, die offenbar wirklich Realität werden sollte – mit *ihm* als Braut! –, zur Hysterie steigerte. Aber bei der Vorstellung, dass hier tatsächlich von *ihm* die Rede war, schien es, also ob sie auf dem besten Weg dahin wäre.

„Es gibt natürlich eine Reihe von alten Traditionen, an die sich die Braut halten könnte, auch sehr schöne: zum Beispiel den Brauch, dass etwas an dem, was sie trägt, alt ist und etwas neu, etwas geliehen und etwas blau. Das ist übrigens ein alter englischer Brauch, der hier in der Gegend sehr häufig beibehalten wird und den Tom mit Sicherheit kennt. Wenn du bei uns heiratest, kommst du daran eigentlich kaum vorbei."

Wieder lächelte Edith. Diesmal wartete Alex ab, dass sie weitersprach.

„Dahinter stecken eine Reihe von Deutungen, wie du vielleicht weißt. Das Alte und das Neue stehen für das alte Leben und den Übergang in das neue Leben als Ehefrau. Das Geliehene symbolisiert seltsamerweise Glück – wahrscheinlich, weil man es ebenso sorgsam hüten sollte wie Geliehenes – und Blau steht für Treue und Beständigkeit. Bei dem Alten und dem Neuen handelt es sich zumeist um Schmuckstücke oder auch um den Schleier, den die Braut beispielsweise von der Mutter übernehmen kann. Das Blaue ist bei den meisten ein Strumpfband, aber es können auch blaue Brautschuhe sein, die Brauttasche, der Brautstrauß, ein blauer Fingerring, ein anderes Schmuckstück, oder – besonders romantisch – blaue Blumen im Haar, was bei schwarzen Haaren wie den deinen besonders schön aussehen würde. Auch blauer Nagellack wäre denkbar, aber in meinen Augen passt diese kalte Farbe nicht an die Finger einer Braut."

Alex versuchte, all die Bilder zu verarbeiten, die Edith heraufbeschwor. „Das ist immerhin alles machbar", sagte er tapfer, da Edith ihn auffordernd ansah. „Was ich nicht mag, das sind diese seltsamen Hochzeitsbräuche wie die Entführung der Braut oder irgendwelche Spielchen, die man gemeinsam machen muss. Gab es nicht auch etwas mit dem Strumpfband, das der Bräutigam sich aneignen muss?"

„Da musst du dir keine Sorgen machen. Tom wird dazu vermutlich ohnehin nicht in der Lage sein. Außerdem werden wir nichts machen, was du nicht willst."

Alex fiel es schwer, weiterhin konzentriert zuzuhören. Die Vorstellung, dass von *ihm* die Rede war, dass *er* all dies würde tragen und tun müssen – dass er weiße Brautstrümpfe und ein blaues Strumpfband tragen würde, dass sein makellos rasiertes Bein im weißen Strumpf und in weißen Brautschuhen entblößt würde, um an das Strumpfband heranzukommen – seltsamerweise war es gerade diese Vorstellung, die ihn in hohem Maß verwirrte. In seinem Empfinden war das etwas so dermaßen Weibliches, dass es ihm nicht nur als Gefahr erschien – schließlich würde das Strumpfband sehr weit oben an seinem Oberschenkel sitzen, dort wo sein kleines Geheimnis nicht fern war –, sondern mehr noch wie ein Sakrileg, das darin bestand, in diese Welt des Ur-Weiblichen einzudringen. Dass er tatsächlich sogar daran teilhaben sollte, erschien ihm im Wortsinn: pervers – verkehrt. Ein Tabubruch, eine Entweihung. Alex dachte schon längst nicht mehr an seine Kumpels zu Hause und was die wohl sagen würden, wenn sie diese Geschichte erführen. Aber etwas wie tief empfundene Scham gehörte zweifellos zu dem Gefühlscocktail, der ihn in diesem Augenblick überschwemmte. Ja, Scham war vielleicht sogar das Grundgefühl, das ihn die ganze Zeit über deprimierte.

Edith sah ihm die Verwirrung an. Sie musterte ihn, dann legte sie ihm unter dem Café-Tisch ihre Hand auf sein Knie. „Du siehst aus, als wenn dir etwas zu schaffen machen würde, Marie."

Alex fühlte sich angerührt durch diese sensible Nachfrage. Nach allen Erlebnissen der vergangenen Tage war er dafür vielleicht besonders empfänglich. Deswegen wollte er sehr gern den Ball aufnehmen und eine Antwort geben. Aber wo anfangen. Er räusperte sich.

„Na ja, es ist ... Ich habe das Gefühl, als würde ich hier etwas tun, das ich eigentlich ... nicht darf."

„Warum darfst du es nicht? Wir geben dir doch sogar ganz offiziell den Auftrag dazu, bezahlen dich sogar dafür."

„Das meine ich nicht. All diese Geheimnisse, die du mir da verrätst – was die Frau vor der Hochzeit macht, was sie unter dem Kleid trägt, wie sie sich vorbereitet, was sie alles beachten muss – es sind eben eigentlich *Geheimnisse*, die nicht an das Ohr eines Mannes gehören, oder nicht?"

Edith nickte. „Du fühlst dich, als wenn du das alles nicht erfahren dürftest?"

„Sozusagen. Aber es ist mehr. Es ist wie ... ich habe vorhin gedacht: eigentlich ist es ein Sakrileg. Wie eine Entweihung. Als würde die Tatsache, dass einem Mann diese Geheimnisse verraten werden, soetwas sein wie der Verstoß gegen eine Art ‚göttliche' oder vielmehr ‚natürliche Ordnung'. Es ist irgendwie verkehrt. Gegen die Natur. Verkehrte Welt."

Edith nickte wieder. „Und du fürchtest, dass sich diese ‚göttliche' oder ‚natürliche Ordnung' irgendwie rächen wird? Dass dich eine Strafe treffen wird?"

Alex wusste darauf keine richtige Antwort. „Nein, nicht, dass mich Strafe treffen würde, sondern ... eher so, dass es ... ganz einfach falsch ist. Pervers." Das klang alles verrückt, schließlich lebten sie im 21. Jahrhundert und er war aufgeklärt genug, um nicht mehr an eine ‚göttliche Ordnung' zu glauben, und eigentlich stand er auch Perversität nicht grundsätzlich und in jeder Form ablehnend gegenüber. Auch als er noch als Ehemann mit Eva zusammengelebt hatte, hatte es durchaus die eine oder andere ‚Perversität' in ihrem

Sexualleben gegeben. Und doch war es … „Vielleicht ist es auch nur der Verstoß gegen ein Tabu. Indem ich weiße Brautstrümpfe trage und ein Strumpfband an meinem Bein, das ich vorher rasiert und eingecremt habe wie eine Frau, und in aller Öffentlichkeit das tue, was normalerweise die Frau in einem solchen Ritual tut, mehr noch: eine Braut; indem ich all dies tue, verstoße ich gegen das Tabu des Überschreitens der Geschlechterrollen, noch dazu an dieser sozusagen weiblichsten Stelle, die man sich vorstellen kann."

„Aber das tust du schon die ganze Zeit, oder nicht?"

„Ja, sicher, und ich gehe sozusagen von Tabubruch zu Tabubruch. Aber im Fall des Brautkleids ist es noch einmal etwas anderes. Wie gesagt, das ist fast eine Art Sakrileg, als wenn ich gegen etwas … irgendwie … Heiliges verstoßen würde."

Schluss mit lustig!

Edith sah ihn mitfühlend an, ließ sich aber nicht verunsichern. „Aber es ist eine Frau – ich, nämlich –, die dich in all dies einführt und dir die ‚Geheimnisse', wie du sie nennst, verrät."

Alex nickte. „Ja, sicher. Aber das macht es trotzdem nicht besser. Es bleibt für mich der Eindruck einer Entweihung. Diese Geheimnisse dürfen nur von einer Frau an eine andere Frau verraten werden, glaube ich, alles andere ist falsch, ein Vergehen, eine Sünde sozusagen."

Alex hielt inne, als hätte er eine Grenze berührt, die ihm erst jetzt aufgefallen war.

Aber hieß das nicht, dass er nun aufstehen musste und gehen? Dass der ganze Auftrag von vorneherein falsch war, nicht durchführbar, ohne Grenzen zu verletzen? Dass die Geschichte hier an ihr Ende kam – und er, Alex, nun endlich wieder in sein altes Leben zurückkehren konnte, ja: musste?

„Marie!" Edith nahm seine Hand in die ihre und sah ihm tief in die Augen. „Lass mich dir einmal etwas sagen – als Frau!

Wenn du recht hast, dass du hier an ein Tabu kommst, an eine Grenze, dann bin ich als Frau doch sozusagen die Grenzwächterin, oder nicht? Ich bewache gewissermaßen die Grenzen dieser ‚Welt des Weiblichen', so wie jede Frau es tut. Und tatsächlich würde ich längst nicht für jeden dahergelaufenen Mann in Frauenkleidern den Schlagbaum heben und ihn in diese Welt einlassen. Andererseits bist du ja nicht ‚jeder'.

Und als diese Grenzwächterin kann ich doch entscheiden, dass du eingelassen werden darfst, oder nicht?"

Alex sah sie aufmerksam an, sagte aber nichts. Er wollte sich nicht festlegen, denn wieder einmal konnte er die Konsequenzen nicht richtig einschätzen. Nach einem Augenblick fuhr Edith fort: „Ich bin zutiefst davon überzeugt, dass *du* das, was du hinter dieser Grenze finden wirst, nicht ‚entweihen' wirst, wie du befürchtest! Du bist kein Perversling, du bist ja nicht einmal durch eigenen Willen in diese Situation gekommen. Du wurdest dazu gezwungen und musstest gleich ungewöhnlich große Opfer bringen. Was du mir erzählt hast von dieser Beate und dem, was diese Männer auf dem Oktoberfest mit dir angestellt haben, einmal ganz abgesehen von den Konsequenzen, die all das für deine Ehe hat – du hast bereits einen hohen Preis bezahlt, und dieser Preis berechtigt dich in meinen Augen durchaus dazu, diese ‚Welt' des Weiblichen, in die du erst hineingestoßen und dann eingeladen wurdest, zu betreten! Du wurdest ja sogar kopfüber hineingestoßen, ohne dass du dich zu jenem Zeitpunkt selbst hättest entscheiden dürfen!"

Alex nickte. Er wollte nicht gern an diese Erlebnisse erinnert werden, denn sie erfüllten ihn mit abgrundtiefer Scham und mit Ekel. Die Erinnerung, wie Eva ihn plötzlich behandelt hatte und was passiert war, als diese Beate aufgetaucht war; noch schlimmer: wie er diese … in seinem Mund gehabt, wie er das Sperma hatte schlucken müssen und wie sie ihn dann liegengelassen hatten wie ein Spielzeug, das sie benutzt und besudelt hatten und das, nachdem sie ihren Spaß damit gehabt hatten, für sie nicht mehr interessant gewesen war; diese Vorstellung bedrückte ihn. Vielleicht begann er erst jetzt zu spüren, wie hoch der Preis tatsächlich war, den er damals bezahlt hatte.

Edith sah ihn aufmerksam an. Plötzlich atmete sie tief ein, richtete sich auf und sagte dann: „Wir könnten heute Abend weiter darüber sprechen, wenn du magst. Vielleicht möchtest du aber auch erst einmal darüber schlafen. Ich glaube, dass dies nicht der richtige Ort für ein solches Gespräch ist, und leider drängt die Zeit und wir sollten sie nutzen, da wir gerade schon einmal hier sind."

Alex nickte. Er kämpfte gegen Tränen an, die sich in seine Augen drängten. Auch er räusperte sich. Edith hatte natürlich recht und er fühlte in sich die Bereitschaft, sie als die Grenzwärterin zu akzeptieren. Wie sollte er auch dieser Frau widersprechen, die so viel mehr zu wissen schien, als er selbst?

Nocheinmal räusperte er sich. „Okay. Also gut. Wo waren wir stehengeblieben?"

Edith lächelte. „Lass mich überlegen – wir waren bei den Vorbereitungen der Hochzeit gewesen. Richtig? Bei den Brautjungfern. Und bei den Hochzeitsbräuchen."

Alex nickte.

„Gut. Über die Einzelheiten lass uns später sprechen. Für den Moment halten wir fest, dass die Braut Brautjungfern braucht, sagen wir drei oder besser noch vier."

Alex sah sie aufmerksam an, versuchte Zustimmung auszustrahlen. Vier Brautjungfern für die Braut. Für ihn.

„Übrigens sollten wir uns frühzeitig auch Gedanken über eine Hochzeitsreise machen. Auch da haben wir nur sehr wenig Zeit, denn die Reise wird umso besser gelingen, je gesünder Tom noch ist."

Hochzeitsreise. Wieder hatte Alex sofort Bilder vor seinem inneren Auge. Er sah ein Schiff, vielleicht die *Queen Mary 2*, bei einer Überfahrt von Southampton nach New York, und die Braut im Hochzeitskleid in einer goldenen Suite mit Blick auf das vorbeiziehende Meer – und den Bräutigam im Smoking, auf dem Bett sitzend, darauf wartend, dass sich seine ihm gerade erst angetraute Frau verführerisch aus ihrem Kleid schält, die zarten, weißen Dessous entblößt, die Hochzeitsschuhe mit den hohen Absätzen abstreift ...

Es ging nicht: Er konnte die Panik nicht einfach wegschieben! ,Hochzeitsreise'!

Der Schritt, in diese Welt mit Billigung und sogar Unterstützung der Grenzwächterin einzudringen, war das eine.

Die Hochzeitsnacht als frisch verheiratete Braut, allein mit dem Bräutigam auf der Hochzeitsreise – das war etwas ganz anderes! Das war nicht vorstellbar!

Überhaupt: dieser Gedanke an eine Kreuzfahrt auf einem noblen Schiff ... Sicher, er sollte all das nur spielen. Er sollte Schauspieler sein, der in diese Rolle schlüpfte und nur so tat.

Aber für Tom sollte es eben kein Schauspiel sein. Tom würde in ihm ,Marie' sehen, seine erträumte Ehefrau, die er lieben und ehren wollte, die er auf Händen tragen, auf seine Weise verehren würde. Und möglicherweise würde er sie sogar begehren, und da alle ihm suggeriert haben würden, dass er rechtmäßiger Ehemann ist, würde ihm niemand seine Wünsche verwehren können. War es nicht sogar Pauls ausdrücklicher Wille, Tom alle seine Wünsche zu erfüllen? Nur wäre es in dieser Situation Alex, der aus dieser Rolle nicht herauskommen würde. Es würde keinen Ausweg geben aus dieser Situation. Soetwas konnte man nicht *spielen*. Jedenfalls nicht er und schon gar nicht angesichts der Tatsache, dass er ja gar keine Frau war, weshalb bereits das Abstreifen des Hochzeitskleids den Betrug würde offenbar werden lassen.

Tom würde seine Frau zweifellos aufrichtig lieben – und Alex sollte so tun, als würde die junge Ehefrau diese Liebe erwidern! Aber: er konnte soetwas nicht vortäuschen! Das wäre wie in der *Truman Show*, nur dass dort die Schauspielerin, die die Ehefrau spielt, eben eine richtige Schauspielerin war – und selbst diese geriet ja irgendwann an ihre Grenzen. Wie sollte ausgerechnet er das besser machen?!

Das Zittern kehrte schlagartig zurück, stärker als zuvor.

Er hob langsam abwehrend die Hand.

„Edith!"

Das Zittern wurde so stark, dass er sich kurz konzentrieren musste, um überhaupt sprechen zu können.

Edith sah ihn erneut aufmerksam an. Als er die Hand wieder sinken ließ, aber nichts sagte, begann sie zu lächeln und legte ihre Hand auf die seine, sagte aber nichts.

Alex setzte erneut an, er wollte unbedingt etwas sagen, aber ihm wollten die richtigen Worte nicht einfallen.

Als er weiterhin schwieg, fuhr Edith vorsichtig fort: „Übrigens ist der Vertrag bisher ja noch gar nicht unterschrieben, und auch der Heiratsantrag ist noch nicht ausgesprochen."

Alex nickte.

„Noch ist also gar nichts entschieden. Und wenn der

Vertrag dann irgendwann unterschrieben ist und ihr verlobt seid, wird die Frage, ob ihr eine Hochzeitsreise machen wollt und auch, wohin das sein wird, wie gesagt, davon abhängen, wie es Tom körperlich geht. Wenn die Vorhersagen der Ärzte stimmen, wird er in den kommenden Wochen langsam, aber kontinuierlich abbauen. Wenn wir die Hochzeit also auf in drei Monaten ansetzen, kann es sein, dass er zu diesem Zeitpunkt schon kaum noch wird laufen können."

Alex hatte sich wieder ein wenig gefangen. Er wollte tapfer und konstruktiv sein. „Du hast etwas von einer Verlobungsfeier gesagt ..."

„Na ja, da es Tom zu einem nicht unwesentlichen Teil um die Zeremonien geht, vermute ich, dass er auf eine Verlobungsfeier nicht verzichten möchte, wenn er die Wahl hat."

„Aber die müsste dann schon in den nächsten Tagen stattfinden."

„Ja, gleich nachdem der Antrag ausgesprochen wurde und die Braut den Antrag angenommen hat." Edith lächelte ihn an.

„Vorausgesetzt, der Bräutigam will auch tatsächlich und überlegt es sich nicht noch einmal anders," entgegnete Alex in dem zaghaften Versuch, witzig zu sein.

„Wenn du Tom etwas besser kennen würdest, hieltest du das nicht für möglich!"

Das Zittern blieb, aber sachliche Fragen halfen ihm, die Panik niederzukämpfen. Immernoch sah er vor seinem inneren Auge Marie im traumhaften Hochzeitskleid in jener Suite hoch über dem Meer stehen und wie sie auf Wunsch des frischgebackenen Ehemanns langsam den Reißverschluss ihres Kleids an ihrem Rücken öffnete. „Und dann?"

„Da, wie gesagt, die Gästeliste überschaubar ist und wir uns nicht um passende Locations bemühen müssen, wird das alles kein großes Problem sein."

Edith machte eine kleine Pause, bevor sie fortfuhr: „Und dann kommen wir auch schon zu den wesentlichen Dingen des Lebens."

Alex versuchte weiterhin krampfhaft, das Zittern zu unterdrücken. Er atmete tief durch. Vielleicht war Humor eine gute Strategie gegen die Panik. Er versuchte zu lächeln: „Die wesentlichen Dinge des Lebens? Die Hochzeitsstornoversicherung? Die Hochzeitswetterversicherung?" Er lachte, aber die Anspannung wollte sich nicht lösen.

Auch Edith lachte. „Nein, viel wichtiger: das Hochzeitskleid! Und, nicht zu vergessen …"

„Die Schuhe?"

„Ja, die auch …"

„Die Dessous?"

Edith schmunzelte. „Dazu kommen wir auch noch. Nein, ich meine die Ringe!"

Schluss mit lustig!

An dieser Stelle kapitulierte der Humor. Ringe! Eheringe! Auch wenn er wusste, dass alles nur Schauspiel sein würde: Eheringe waren ein starkes Zeichen! Sie hatten etwas sozusagen Magisches. Dass der Bräutigam der Braut einen Ring an den Finger steckt, war ein Ritual, und mit diesem Ritual wurde etwas vollzogen. Das war nicht nur *Fake*, das konnte man nicht spielen, jedenfalls nicht, wenn der eine von beiden zutiefst von der Echtheit des Rituals überzeugt war. Und das würde Tom sein!

Plötzlich spürte Alex, wie der Boden unter seinen Füßen ins Wanken geriet. Trotz aller Vernunft und

Aufgeklärtheit, trotz des Vertrags und seines Auftrags als Schauspieler: In diesem Ritual steckte eine Macht, die nicht einfach zu ignorieren war. *Die Geister, die ich rief, werd' ich nun nicht wieder los!* In seinem Empfinden waren es vor allem die Ringe, die die Ehepartner miteinander verbanden. Tom würde seiner Braut einen Ehering an den Finger stecken und er würde es sehr ehrlich meinen, würde glauben, dass sich damit ihrer beider Familienstand änderte! Und der Priester würde noch dazu „Bis dass der Tod euch scheidet" sagen und ein Kreuzzeichen darüber machen!

Nun schossen ihm doch die Tränen in die Augen. Er suchte in Maries Handtasche nach einem Taschentuch, fand keins. Edith reichte ihm eins.

Alex schnäuzte sich die Nase, betupfte vorsichtig seine Augen. Dunkle Spuren der Wimperntusche blieben auf dem Taschentuch zurück. Weitere Tränen drängten nach. Mit ihnen aber auch die Worte, nach denen er gesucht hatte.

„Das ist alles …" Er machte noch einmal eine Pause, schnäuzte sich erneut, tupfte auf seine geschminkten Augen, sah im Taschentuch Spuren des Make-ups von seiner Nase.

„Ein bisschen viel?", ergänzte Edith.

Er nickte. „Aber nicht nur das. Ich meine: Wir reden hier über meine Hochzeit mit Tom, über die Ringe, über ein Hochzeitskleid, wahrscheinlich werden wir gleich noch über Dessous und was auch immer reden. Und das alles *für mich!*" Er legte seine Hand auf seine Brust, sah dann irritiert an sich herunter – sah die Wölbung des Busens, lackierte Fingernägel – und ließ die Hand wieder in den Schoß sinken.

Diesmal hinderte er die Tränen nicht, ließ sie einfach

über seine Wangen fließen. Er setzte erneut an. „Es ist nicht nur der Tabubruch. Das ist nur die eine Seite. Tut mir leid, dass ich es so kompliziert mache, aber für mich gibt es noch eine zweite. Ich meine: Sieh' mich mal an! Ich sitze hier, gekleidet und geschminkt wie eine Frau. Wir haben eben eine ganze Garderobe für mich gekauft, die vollständig aus Frauenkleidern, -schuhen und so weiter besteht." Er machte eine Pause, neigte sich zu Edith, senkte die Stimme und flüsterte: „Aber ich bin ein Mann!"

Er richtete sich wieder auf, sprach aber leise weiter. „Denk mal nach: Es ist gerade einmal *eine* Woche her, dass Eva mich erwischt hat in ihrer Wäsche. *Eine* verdammte Woche! Diese Woche war vollkommen verrückt! Ich habe Eva von einer ganz neuen Seite kennengelernt, wurde von ihr in die demütigendste Kleidung gesteckt und in die peinlichsten Situationen gebracht und fand mich bereits an meinem fünften Tag in Frauenkleidern als Sekretärin in Pauls Kanzlei, ohne dass ich selbst irgendwie hätte mitreden können. Nach nur fünf Tagen! Und schon drei Tage später saß ich im Flugzeug, was de facto die Trennung von Eva bedeutete und den Beginn eines ganz neuen Lebens – eines Lebens als Frau! In der Nacht zuvor hatte ich noch darauf gehofft, dass nach dieser verrückten Woche und der Abreise der schrecklichen Beate alles wieder normal werden würde. Da wurde ich, geschminkt und im Sekretärinnen-Look, ohne Gepäck und ohne Rückflugticket in ein Flugzeug gesetzt und in ein Leben als Frau geschickt. Und du wirst dich erinnern: so heftig ich mich zu wehren versuchte, das Rädchen drehte sich immer weiter und es gelang mir nicht, es auch nur zu verlangsamen!"

Inzwischen war seine Stimme lauter und verzweifelter geworden, er gestikulierte.

„Ich wusste nicht einmal, wohin es eigentlich ging, als ich mit dir diesen Flieger betrat! Ich wurde nicht gefragt und obwohl ich nicht wollte, ging es doch immer weiter, ohne dass ich wusste, was überhaupt geschah. Ja, du hast dir Mühe gegeben, aber bis ich im Flugzeug saß, wusste ich *nichts* und hatte keinerlei Entscheidungsfreiheit.

Und nun, nur einen Tag später, reden wir von meiner Hochzeit mit einem Mann, als Braut in weißem Hochzeitskleid, und von der Hochzeitsreise! Aber, verdammt: *Ich bin nun einmal keine Frau!!!*"

Edith sah ihn mit großen Augen an, ganz offensichtlich war sie überrascht. „Mein Gott!", sagte sie nach kurzem Zögern. „Nur eine Woche!" Sie hielt inne, sah ihn mitfühlend an. „Ich hatte gedacht, euer Spiel oder Experiment oder als was immer ihr es begonnen habt, würde schon deutlich länger dauern! Eine Woche!" Erst jetzt schien ihr klar zu werden, dass es tatsächlich eine so kurze Zeit war, in der sich all dies abgespielt hatte. Sie nickte. „Du hast vollkommen recht! Das geht alles sehr schnell!" Wieder machte sie eine Pause. Sie schien zu überlegen. Dann räusperte sie sich. „Aber wir verlangen von dir nicht, dass du ‚funktionieren' sollst wie eine Maschine. Der Zeitdruck entsteht, wie du weißt, durch die Situation, in der Tom sich befindet. Wir *haben* einfach nicht mehr Zeit! Die Zeit schreitet unaufhaltsam fort."

„Das weiß ich ja! Aber irgendwie muss ich das alles doch auch verarbeiten können! Eva hat mich am vergangenen Montag *gezwungen*, das war schlimm. Aber das jetzt fühlt sich nicht viel anders an."

Wieder nickte Edith.

„Und dann … ich meine, ich sitze hier nicht nur im Kleid mit manikürten Fingernägeln und angeklebtem Busen, ich sitze noch dazu mitten in England und soll hier jemanden heiraten, den ich erst einmal gesehen habe!"

Edith hob den Zeigefinger und bewegte ihn vor seinem Auge hin und her. „Nicht du," sagte sie einen Moment später und schüttelte mit dem Kopf, „sondern die Frau, die du spielen sollst!"

Aber Alex fuhr unbeirrt fort: „Und diese ganzen Planungen – das soll *ich* sein, von dem die ganze Zeit die Rede ist, die Braut, die von Brautjungfern umgeben sein wird und der der Bräutigam einen Ring an den Finger steckt ‚bis dass der Tod euch scheidet'! Und das in wenigen Tagen, obwohl ich vor etwas mehr als einer Woche noch ein Mann war und als Mann gelebt habe! Vor neun Tagen habe ich überhaupt zum ersten Mal einen Rock getragen! Aber morgen oder übermorgen oder am Wochenende wird mir ein Mann einen Heiratsantrag machen und ich soll ihn annehmen! Um ihn dann in ein paar Wochen im weißen Traum-Brautkleid und mit weißen Dessous zu heiraten und mit ihm auf Hochzeitsreise zu gehen!"

So musste sich Hysterie anfühlen.

Der springende Punkt

Nun flüsterte er: *„Das geht mir alles viel zu schnell!* Da komme ich einfach nicht mit!"

Edith betrachtete ihn teilnehmend. Dann nickte sie wieder. „Sicher", sagte sie nach einer kurzen Pause, „das geht alles sehr schnell. Das verstehe ich. Zumal die Woche mit Eva und dieser Beate für dich alles andere als einfach gewesen sein dürfte. Wann ist Beate wieder verschwunden?"

Alex dachte nach. „Am Sonntag-Abend, glaube ich, jedenfalls war sie am Montag-Morgen – also gestern Morgen, als Eva mich bei euch abgeliefert hat –, nicht mehr da."

„Eine Woche an Demütigungen. Ich hätte nicht gedacht, dass Eva ... aber ich kannte sie bis dahin ja auch noch gar nicht. Bei unserem Treffen im Gartenlokal kam sie mir ganz anders vor."

„Das war am Samstag, das Treffen im Gartenlokal, meine ich. Heute ist Dienstag! Gestern Morgen bin ich erst hierher gekommen. Und heute sprechen wir schon über die Verlobung und die Ringe und ein Hochzeitskleid!"

Edith ließ wieder eine kleine Pause zu. Dann sagte sie überraschend entschieden: „Nur haben wir eben leider keine Zeit! Und es geht ja auch gar nicht um dich, also nicht um Alex. Du sollst nur eine Rolle spielen!" Sie ließ den Satz wirken, bevor sie fortfuhr: „Du kennst die Situation. Ich weiß, du hast den Vertrag noch nicht unterschrieben. Vielleicht habe ich mich hinreißen lassen durch die Tatsache, dass du so perfekt zu der Rolle passt, die hier gespielt werden muss. Du bist einfach die Traumbesetzung. Aber wir können tatsächlich nicht länger warten, wie du weißt."

Alex sah sie an, sagte aber nichts.

„Natürlich *weiß* ich, dass du eigentlich keine Frau bist, und auch, dass es nicht freiwillig war, dass du in die Frauenrolle geschlüpft bist. Von der Zeit danach ..."

„Was heißt ‚die Zeit danach‘," unterbrach Alex sie heftig, „das hört sich so an, als wenn es sich um Wochen oder Monate handelte!"

„Okay, also von den Tagen seither, seitdem du Frauenkleider tragen musstest, weiß ich nur das, was wir mitbekommen haben und was du mir erzählt hast. Sicher, wenn man mal darüber nachdenkt, dann ist das eine sehr kurze Zeit!" Sie nickte wieder.

„Einmal ganz davon abgesehen, dass ich, wenn ich nur die Möglichkeit hätte, sofort wieder in mein altes Leben zurückkehren würde."

„Würdest du?" Edith sah ihn skeptisch an.

Alex zögerte. „Na ja, wahrscheinlich nicht in unser Haus und vielleicht auch nicht zu Eva."

„Was sie dir angetan hat, würde einfach jeden verstören und verunsichern."

„Aber mit dem Geld, das ihr mir bietet, wenn ich weiter diese Rolle spiele, könnte ich mir eine Wohnung suchen und ein neues Leben beginnen."

„Als Mann?"

„Natürlich, was denkst du?"

Edith zögerte einen Augenblick, sah aufmerksam an ihm hinab und wieder hinauf. „Ich denke, dass du dir eine Chance verbaust, wenn du nicht zumindest darüber nachdenkst, weiterhin – wenigstens zeitweilig –

als Frau zu leben."

Alex schnappte nach Luft. „Das sagst du mir, nachdem ich gerade einmal neun Tage in Frauenkleidern lebe, wovon die ersten sieben die Hölle waren? Du glaubst wirklich, dass ich, wenn ich die Wahl hätte, in Frauenkleidern weiterleben wollte."

Edith hob abwehrend die Hände. „Tut mir leid, wirklich! Sorry! Aber was ich hier vor mir sehe, ist so absolut überzeugend, ist eine so attraktive, sympathische Frau, mit der ich im Übrigen schon eine wunderbare, wenn auch sehr kurze Zeit verbracht habe, in der wir viele gemeinsame, übrigens ziemlich weibliche Interessen entdeckt haben, dass ich es mit einer gewissen Trauer sehen würde, wenn du die Kleider wieder ausziehen, dich in einen Mann zurückverwandeln und uns auf Nimmerwiedersehen verlassen würdest!"

„Nur *bin* ich eben keine Frau!"

„Das verlangt ja auch niemand von dir! Und du weißt, dass all diese Sachen – Ringe, das Hochzeitskleid, die Verlobung –, dass all dies nur Requisiten in einem Theaterstück sind, in dem du eine Rolle spielen sollst, die dir absolut auf den Leib geschnitten ist."

„Eben nicht auf den Leib!"

„Doch, wohl auf den Leib! Meinst du, nur weil dir bestimmte Details an deinem Körper fehlen oder du stattdessen etwas anderes hast, dass deswegen *alles* falsch ist? Sicher, du bist keine Frau, aber ich bin fest davon überzeugt, dass ein gutes Stück Frau in dir steckt. Wenn du ehrlich zu dir bist, kannst du das nicht leugnen. Und du hättest hier die Chance, dieses Stück deiner selbst kennenzulernen, wenn du bereit bist, dich darauf einzulassen."

„Dazu bin ich ja durchaus bereit. Glaube ich. Aber

trotzdem brauche ich Zeit, um mental irgendwie hinterherzukommen. Ich meine, als erstes gleich mal das Weiblichste zu tun, das überhaupt zu denken ist …"

„Das weiß ich ja auch." Offenbar wollte Edith diese Schleife unterbrechen. „Nur haben wir, wie gesagt, diese Zeit nicht. Wenigstens noch nicht. Aber anders als bei Eva und dieser Beate verlangen wir von dir ja auch nichts, was du später irgendwie bereuen könntest."

„Nur kann ich mir leider gar keine Gedanken darüber machen, ob ich etwas will oder nicht, weil ich dazu nicht die Zeit habe."

Edith nickte. „Ich verstehe das. Aber auch Schauspieler schlüpfen in kürzester Zeit von der einen in eine andere Rolle, ohne dass sie daran psychisch oder mental irgendwie Schaden nehmen."

„Nur sind die eben auch Profis. Die haben gelernt, sich mit der Rolle nicht zu identifizieren, können sie an- und ausziehen wie ein Kleidungsstück. Übrigens ist die Rolle nach der Vorstellung dann auch zu Ende und sie können wieder ihre eigentliche Identität annehmen und in der Kneipe um die Ecke ein Bier trinken gehen. Aber wenn ich einen Rock anziehe, dann ist das nicht nur gleich für Wochen und Monate, ohne dass ich auch nur für einen Moment daraus herauskäme; wenn ich einen Rock anziehe, dann hat das außerdem auch immer etwas …" Alex zögerte einen Augenblick, suchte nach dem richtigen Wort. „Es hat immer etwas Demütigendes."

„Etwas Demütigendes?"

„In gewisser Weise, ja. Wenn ich ganz ehrlich bin, dann empfinde ich das so." Er hatte den Eindruck, dass dies tatsächlich der springende Punkt sein konnte. „Es ist doch lächerlich, wenn ich als Mann mit lackierten Finger- und Fußnägeln, mit Strapsen und in High heels herumlaufe, oder nicht? Wenn ich einen BH trage und Lippenstift – ich, als Mann! Wenn ich Ersatz-Nylonstrümpfe in einer Handtasche mit mir herumtrage und zweimal in einer Woche zum Friseur gehe, um ‚attraktiv' – und das heißt: attraktiv für Männeraugen! – auszusehen. Zumal das alles fremdgesteuert ist, ich habe selbst darauf kaum Einfluss. Hier bei euch ist es nicht mehr ganz so schlimm, wie es noch zu Hause war. Da konnte ich nicht einmal mitreden bei dem, was mir in den Mund und anderswo hin gesteckt wurde. Aber auch hier empfinde ich es noch so."

Edith schien betroffen zu sein. Aber trotzdem ließ sie nicht locker. „Wäre es denn auch demütigend, wenn du eine Motorradkombi anziehen und damit herumfahren würdest?"

„Und mir Polster an den Hintern klebe, um die entsprechenden, weiblichen Kurven in dieser Kombi zu haben? Also die Signale des Weibchens auszusenden, um Männchen anzulocken, die mit Sicherheit nur das Eine im Sinn haben? Ich wüsste nicht, was für einen Mann demütigender sein könnte!"

„Ich verstehe. Nur hast du spontan nicht den Eindruck gemacht, als wenn diese Vorstellung für dich demütigend sein könnte."

„Ich war vielleicht von der Aussicht, Motorrad fahren und ein Stück Freiheit zurückerlangen zu können, überrascht. Und außerdem habe ich solche Frauen immer bewundert. Nur wäre das dann jetzt eben ich! Und … ich meine: das ist doch eben das ‚Perverse' im Wortsinn: Ich würde mich in ein Wesen verwandeln, das ich selbst begehrenswert finden würde!"

Edith nickte verständnisvoll.

Nach kurzer Pause fuhr Alex fort: „Die einzige Hoffnung, die ich habe und die die Demütigung ein wenig verringert, ist doch die, dass niemand etwas merkt. Aber demütigend bleibt es trotzdem."

„Aber Paul und ich haben doch auch etwas gemerkt und waren hingerissen!"

„Weil ich die richtige Besetzung bin, die ihr für die Rolle gesucht habt."

„Nein, liebste Marie, das ist nicht wahr! Das war schon am Samstag so, als wir dich im Gartenlokal kennengelernt haben ..." – sie verbesserte sich: „oder die Marie in dir. Und damals ist noch überhaupt niemand auf die Idee gekommen, dass du diese Rolle würdest übernehmen können!"

Alex nickte. „Ich weiß. Ihr seid sehr nett zu mir und ihr gebt euch große Mühe, alles richtig zu machen. Aber es bleibt doch dabei: Ich bin keine Frau! Und ich bin auch kein so professioneller Schauspieler, dass ich einfach in diese Rolle schlüpfen könnte und der Alex in mir auf den ‚Feierabend' wartet, um dann wieder herauszukommen, zumal ich über Wochen, vielleicht Monate hinweg keinen ‚Feierabend' in diesem Sinn haben werde: Wenn ich diesen Vertrag unterschreibe, werde ich für eine unabsehbare Zeit ununterbrochen in Frauenkleidern verbringen müssen. Sogar nachts werde ich ein Nachthemd tragen müssen und mich vorher mit Nachtcreme eincremen, damit die Haut schön weich und der Teint rein wird. Dabei schminkt sich auch der Schauspieler nach der Vorstellung ab und schlüpft wieder in seine Alltagskleidung, um sein normales Leben wieder aufzunehmen."

Edith räusperte sich wieder einmal. „Nun, das Projekt ist sicher ein bisschen ungewöhnlich, das gebe ich zu. Aber ich könnte mir vorstellen, dass auch ein professioneller Schauspieler ein solches Angebot nicht ausschlagen würde, jedenfalls nicht, wenn er das Honorar bedenkt, das ihm winkt. Und auch für dich sollte dies doch ein Argument sein. Immerhin willst du dir ein neues Leben aufbauen: dies könnte die Grundlage dafür sein."

„24/7 – sogar wenn ich Motorrad fahre: Frauen-Leder-Kombi, über Monate hinweg wie eine Frau leben – ich weiß nicht einmal, was das alles beinhalten wird."

„Du hast doch alle Möglichkeiten, dich überraschen zu lassen! Du brauchst dich um nichts zu kümmern, kannst alles ausprobieren, kannst die schönen Seiten des Frauseins genießen, ohne dich mit den unangenehmen Seiten herumschlagen zu müssen."

„Und welche wären diese unangenehmen Seiten?"

„Nun …" Für einen Moment zögerte Edith, gab sich dann aber einen Ruck. „Da ist zum Beispiel die Menstruation. Die hygienischen Seiten an diesem Phänomen lassen sich inzwischen ja ganz gut regeln, aber das Unwohlsein, die Schmerzen sind kaum zu kaschieren! Man sagt beschwichtigend und vernebelnd, eine Frau sei ‚unpässlich', aber kein Mann weiß, was das tatsächlich heißen kann."

„Und was noch?"

„Da gibt es zum Beispiel den Sexismus, das Nicht-ernst-genommen-Werden als Frau, die Reduzierung auf ein süßes Weibchen oder Dummerchen. Und im Alltag dieses ständige Angestarrt- oder sogar Angemachtwerden. All diese Männer, die sich für die Krone der Schöpfung halten und keine Scheu kennen, sich einer Frau ganz offen anzubieten …"

„Aber vor diesem Aspekt werde auch ich durchaus nicht geschützt sein!"

„Richtig, da hast du recht. Das könnte dir auch passieren. Und wenn ich dich so ansehe, würde ich sogar sagen: das wird dir *mit Sicherheit* passieren. Aber darauf können wir dich vorbereiten."

„Und wie?"

„Es gibt Verhaltensweisen, die eindeutig genug sind. Aber damit kommen wir dann auch schon wieder zu dem, was du *nicht* mit einer *richtigen* Frau teilst: die körperliche Kraft. Sollte jemals ein Kerl bei dir zudringlich werden – was wir übrigens nach Kräften zu verhindern suchen werden –, dann kannst du dich im Unterschied zu den meisten anderen Frauen auch körperlich wehren. Du wirst niemals in der Situation des wehrlosen Opfers sein, das mit roher Gewalt zu etwas gezwungen wird, was es nicht will."

Alex nickte. Inzwischen war er ruhiger geworden. Die Hysterie ebbte langsam ab. Edith schien dies zu bemerken. Sie fuhr fort: „Wir können dir nicht alle Zeit der Welt lassen, dich auf die neue Situation einzustellen, das ist richtig. Die haben wir ganz einfach nicht. Aber wenn diese Verlobungsfeier vorüber ist, wird eine Zeit kommen, in der es um dich herum sehr viel ruhiger sein wird als in diesen vergangenen acht oder neun Tagen. Da wirst du mit dir ins Reine kommen können und ich bin ganz sicher, dass du entdecken und schätzen lernen wirst, wie schön es sein kann, eine Zeit lang als Frau zu leben, jedenfalls wenn frau die Möglichkeiten hat, die wir hier haben. Willst du dir nicht diese Zeit nehmen?"

„Ich muss aber vorher den Vertrag unterschreiben, oder nicht?"

Edith nickte nachdenklich. „Wahrscheinlich ja. Aber darüber könnten wir trotzdem mit Paul sprechen. Eigentlich gibt es keinen zwingenden Grund ..."

„Doch, den gibt es. Wenn ich mich mit Tom verlobe, würde es ihn hart treffen, wenn ich eine Woche später einfach verschwinden würde."

„Das ist richtig." Edith zögerte einen Augenblick. „Aber wenn ich ganz ehrlich sein soll, glaube ich nicht, dass du verschwinden wirst. Du passt so gut in diese Rolle hinein, dass du sie spielen wollen wirst. Wenn du erst einmal begonnen und dich in sie hineingefunden hast, wird es dir leichtfallen! Und du wirst sie wunderbar spielen, liebste Marie!"

Alex blickte aus dem Fenster. Edith hatte in fast allen Punkten recht. Wie auch immer er diese Rolle spielen würde: bei allem Demütigenden, das er verspürte, wenn er sich im Spiegel sah – noch mehr, wenn er sich vorstellte, was er *unter* dem anhatte, was zu sehen war –, gab es auch andere Aspekte. Er spürte es ja immer wieder in seinem zarten Höschen, dass sich dort etwas regte, das nichts anderes als Erregung war. Was er hier machte, das war auch *heiß*! Nur hatte er bisher nicht daran gedacht, dieser Erregung nachzugeben. Wahrscheinlich hatte er Angst davor, denn er hatte keine Vorstellung davon, wie das aussehen und was sich daraus ergeben konnte.

Und dann war natürlich ein Leben in einem englischen Castle und in einem finanziellen Rahmen, wie Paul und Edith ihn ihm boten, eigentlich ein Traum. Sich Zeit zu lassen, die Möglichkeiten dieser Rolle zu erkunden, hörte sich auch verführerisch an. Eva hatte ihn aus seinem alten Leben hinausgestoßen – hier wurde ihm die Möglichkeit geboten, ein gänzlich neues auszuprobieren und dies, fast ohne dass finanzielle Grenzen gesetzt wären. Vielleicht würde ihm dies auch ganz gut tun.

Nach einer Weile, in der Alex grübelnd aus dem Fenster gestarrt hatte, legte Edith ihm wieder ihre Hand auf die seine. „Du musst dich nicht *jetzt* entscheiden. Solltest du nach der Verlobung zu einem anderen Ergebnis kommen – was ich nicht glaube –, werden wir eine Lösung finden. Auch richtige Verlobte können erkranken, es kann ihnen etwas passieren, das die Hochzeit verhindert."

Alex schüttelte mit dem Kopf. „Das wird Paul nicht zulassen. Schließlich würde es Tom hart treffen."

Edith nickte. „Trotzdem würden wir eine Lösung finden, glaub mir." Sie warf einen Blick auf ihre Armbanduhr. „Aber lass uns jetzt doch professionell sein und so tun, als würden wir den nächsten Akt unseres Schauspiels vorbereiten. Okay?"

Alex gab sich einen Ruck. „Okay."

„Gut! Dann brauchen wir nun die entsprechenden Kostüme."

Alex sah sie an.

„Das Hochzeitskleid.

„Richtig, das Hochzeitskleid." Er seufzte. „Ich bin ja die Braut."

Edith lächelte. „Das Hochzeitskleid ist für die Braut natürlich ein Riesenthema. Aber für eine Frau vielleicht eines der schönsten überhaupt. Dem werden wir uns eigens widmen müssen. Aber glücklicherweise haben wir auch hier die richtigen Beziehungen. Und auf's Geld werden wir auch an diesem Punkt nicht schauen müssen. Wir können uns in aller Ruhe umsehen. Wichtig ist, dass du dich dann irgendwann für einen Stil entscheidest."

„Stil?" Alex war noch nicht wieder ganz bei der Sache.

„Oh, es gibt die verschiedensten Möglichkeiten. Klassisch, schlicht, romantisch, verspielt, sexy, betont unschuldig-jungfräulich, betont verrucht, lang, kurz aus Tüll, aus Seide, aus Spitze, aus Satin, eng, weit, mit Reifrock, mit Schleier, ohne Schleier, mit Myrtenkranz, sogar als Hosenanzug – was immer du willst. Bei Brautkleidern ist meist nur die Farbe obligatorisch."

„Muss ein Hochzeitskleid nicht zwangsläufig schulterfrei und die Braut eng geschnürt sein."

„Keineswegs. Allerdings gibt es sehr viele Kleider, die schulterfrei sind. Aber nicht jede Frau kann – oder könnte oder sollte – das auch tragen. Und eng geschnürt muss sie nur sein, wenn sie nicht von sich aus die richtige Figur hat."

„Aber die meisten tun es: sie tragen ein schulterfreies Kleid, und wenn sie sich in ein Korsett schnüren lassen müssen und die Brüste oben herausquillen."

Edith lachte. „Ja. Selbst wenn das eine wie das andere nicht gut ist für sie."

Alex nickte. Ein Brautkleid, schulterfrei ... offensichtlich war das der Traum der meisten jungen Frauen ... Und Maries? Bis jetzt hatte sie sich noch mit keinem Gedanken damit beschäftigt. Marie würde anfangen müssen, ihren eigenen Geschmack zu entwickeln.

„Und dann kommen ja auch noch die Brautaccessoires hinzu: Brautschuhe, Kopfschmuck, übriger Schmuck, nicht zuletzt die Dessous, die haben wir ja schon angesprochen. Möglicherweise ein Täschchen für das, was frau so braucht an Notfallausrüstung: Lippenstift, Kopfschmerztabletten, Binden, Tampons ..."

Edith schmunzelte und Alex fiel auf, dass sie dieses Thema gänzlich anders ansprach und behandelte, als es Eva getan hatte – ‚damals‘, als Marie genötigt war, Tampons zu tragen ... Trotz der Kürze der vergangenen Zeit, schienen diese Ereignisse einer anderen Wirklichkeit anzugehören, die nicht viel mit ihrer jetzigen zu tun hatte.

Alex räusperte sich, streckte den Rücken durch. „Also dann. Lippenstift, Kopfschmerztabletten, Binden, Tampons – alles, was frau braucht, wenn sie unpässlich ist."

„Das Täschchen muss selbstverständlich weiß sein und zum Hochzeitskleid passen."

Alex nickte. „Das Blaue, das werden die Blumen in meinem Haar. Und der Schleier muss unbedingt bis zum Boden gehen! Davon habe ich schon immer geträumt!" Er schmunzelte.

Dann trank er Maries Kaffeetasse mit den Lippenstiftspuren aus und griff nach den Einkaufstüten. Doch bevor er sich auf die hohen Absätze erhob, hielt er noch einmal kurz inne und sah Edith intensiv an. „Tut mir leid! Vielleicht bin ich ein bisschen überspannt nach all dem, was ich in den vergangenen Tagen erlebt habe. Meine Fantasie geht mit mir durch. – Du hast recht: Lass uns professionell sein und weitermachen. Schließlich haben wir einen Auftrag. Da sollten wir uns nicht von diffusen Gefühlen und Befürchtungen bremsen lassen. Und am Ende wird wegen des Tabubruchs sicher keine göttliche Strafe stehen, beispielsweise dass mir mein kleiner Freund verkümmert und abfällt, ich plötzlich mit echten Brüsten aufwache und mit einer piepsigen Frauenstimme. Und selbst wenn ... dann bleibe ich eben hier im Castle, lasse meine Haare wachsen, bis ich sie aus dem Fenster hängen lassen kann, und schreibe kitschige Romane à la Jane Austen!"

Edith sah ihn an, nahm dann seine Hand und blickte ihm tief in die Augen. „Vielleicht wirst du aber auch ganz einfach entdecken, dass es da auch eine andere Seite in dir gibt, nicht nur den ‚Alex', als der du geboren, zu dem du erzogen wurdest und zu dem du zurückkehren könntest. Wenn ich ‚Marie' beobachte, dann geschieht es sehr schnell, dass ich den ‚Alex' vollkommen vergesse. Du *bist* auch ‚Marie', glaub mir, auch wenn es dir im Augenblick noch komisch vorkommt. Und als Marie tust du gerade genau das richtige: Du hilfst jemandem in einer sehr schwierigen Situation. Das ist ein sehr schöner Zug an dir! Und dafür wirst du *mit Sicherheit* keine Strafe zu erwarten haben, selbst wenn dir pervers oder demütigend vorkommt, was du hier tust."

In den Pfuhl!

Professionell sein – das war leichter gesagt als getan. Nicht zuletzt, als der Tag sich dem Ende zuneigte und Alex in das Himmelbett kletterte. Unweigerlich musste er an die vergangene, die erste Nacht in diesem Zimmer denken. Es war nicht leicht, es sich einzugestehen, aber insgeheim hatte er Angst angesichts der Möglichkeit eines erneuten Traums, von dem so gar nicht vorherzusagen war, wo er ihn hinbringen würde. Auf keinen Fall wollte er wieder soetwas erleben wie in der Nacht zuvor. Auf keinen Fall wollte er Quasimodo wiederbegegnen.

Eine Möglichkeit, dies zu verhindern, bestand darin, seine Fantasie mit anderen Stoffen zu füttern. Also nahm er sich aus den Bücherregalen, die eine ganze Wand des Zimmers einnahmen, einen alten Band mit einem geheimnisvollen Titel: *Wuthering Heights*. Wenn er nun schon einmal in England war, wollte er auch etwas Englisches lesen.

Also *Wuthering Heights*. Er legte sich gemütlich in die Kissen, schlug das Buch auf und begann.

> „1801. Ich bin gerade von einem Besuch bei meinem Gutsherrn zurückgekehrt – diesem einsamen Nachbarn, der mir zu schaffen machen wird.
>
> Was für eine schöne Gegend! Ich glaube nicht, dass ich in ganz England meinen Wohnsitz an einer anderen Stelle hätte aufschlagen können, die so vollkommen abseits vom Getriebe der Welt liegt. Ein echtes Paradies für Menschenfeinde; und Mr. Heathcliff und ich sind das richtige Paar, um diese Einsamkeit miteinander zu teilen."

Ganz langsam versank Alex in der altertümlichen Welt, die ihm fern und romantisch erschien und doch durchaus vergleichbar mit derjenigen, in der er sich zurzeit befand. Sicher, neben seinem Bett stand ein hochmodernes Telefon, überall im Zimmer gab es Lichtschalter und er brauchte nicht ein Feuer im Kamin zu zu schüren, um das Zimmer zu heizen. Der Kamin war vermutlich nur der Behaglichkeit wegen da oder er war eben schon immer da gewesen und beim Einbau der Heizung an seiner Stelle belassen worden. Aber vieles andere war durchaus vergleichbar, und so verschwammen langsam die Bilder, von denen er in dem Buch las, mit der Umgebung, in der er sich befand und nun für einige Zeit leben würde.

Die Protagonisten machen einen Spaziergang durch die wunderschöne Heidelandschaft.

> „Wir kamen zur Kapelle. In Wirklichkeit bin ich auf meinen Spaziergängen zwei- oder dreimal daran vorübergegangen; sie liegt in einer Senke zwischen zwei Bergen ..."

Sie gehen über den alten Friedhof, auf dem nur „wenige Leichname" liegen, auf den Eingang der Kapelle zu. Das uralte Bauwerk ist heruntergekommen, baufällig.

> „Noch ist das Dach heil geblieben, aber da die Besoldung des Geistlichen nur zwanzig Pfund im Jahr beträgt und freie Wohnung in einem Haus mit zwei Zimmern, die Gefahr laufen, in Kürze zu einem einzigen zusammenzufallen, will kein Geistlicher die Obliegenheiten des Pastors übernehmen, umso weniger, als allgemein berichtet wird, dass seine Gemeinde ihn eher verhungern ließe, als seinen Lebensunterhalt auch nur durch einen Pfennig aus ihrer Tasche zu verbessern."

Sie gehen hinein. Drinnen ist seltsamerweise die ganze Gemeinde versammelt, sie sitzt still in den Kirchenbänken und beobachtet neugierig die Neuankömmlinge, die im Mittelgang bis ganz nach vorn gehen müssen, um noch einen freien Platz zu finden. Während sie gehen, rascheln die stoffreichen, bodenlangen Kleider dieser längst vergangenen Zeit. Die Frauen sind eng geschnürt, die stark taillierten Mäntel über den Kleidern sind hochgeschlossen. Auch Marie trägt wadenhohe Schnürstiefel, die Absätze klingen hat auf dem jahrhundertealten Steinboden und hallen im Gewölbe wider. Obwohl der Prediger auf der Kanzel steht, ist alles totenstill.

Nachdem sie in der ersten der Gemeindebänke Platz genommen haben, beginnt die Predigt.

„Großer Gott, diese Predigt!"

Der Geistliche verliest mit offensichtlich nur mühsam beherrschter Stimme einen Vers aus der Bibel. Die Gemeinde scheint andächtig zuzuhören, während der Geistliche den Vers auslegt. Doch je länger die Auslegung dauert, desto größer wird das Gemurmel der Leute und je lauter die Stimme des Predigers wird, desto lauter murmeln sie. Bis Alex merkt, dass das Gemurmel eine Art der Zustimmung ist. Die Leute gehen lebhaft mit den Worten des Predigers mit, stimmen ihm zu, lassen sich von seinen Worten mitreißen.

Dabei hat der Prediger

„seine eigene Art der Auslegung, und es schien wesentlich zu sein, dass sein Nächster bei jeder Gelegenheit mehrere Sünden beging. Sie waren von der seltsamsten Art: merkwürdige Vergehen, von denen ich vorher keine Ahnung gehabt hatte."

Marie, die sich noch immer nicht an die altertümliche Kleidung und Sprache gewöhnt hat, die aus einer anderen Zeit zu stammen scheint; der das enggeschnürte Korsett den Atem nimmt und die die nicht weniger eng geschnürten Stiefel an den Füßen und Waden schmerzen, war bisher viel zu sehr mit sich selbst beschäftigt, um sich auf den Inhalt der Predigt konzentrieren zu können. Aber nachdem sie die Röcke ihres Kleids geordnet, den Mantel glattgestrichen und sich sehr aufrecht hingesetzt hat, um überhaupt Luft zu bekommen, und nachdem sie sich ein wenig umgesehen und sich an die Situation gewöhnt hat, merkt sie auf, sobald sie richtig zuhört: von dem größten Teil der Sünden, die hier mit zunehmend flammenden Worten aufgezählt werden, hat sie noch nie etwas gehört – offenbar ganz im Gegensatz zu den Menschen, die in den Kirchenbänken sitzen und an jedem einzelnen Abschnitt der Predigt lebhaft Anteil nehmen. Jedes Mal, wenn der Prediger eine der schändlichen Sünden abgehandelt hat, ruft er laut den Verdammungsvers:

„Die Feigen aber und Ungläubigen und Frevler und Mörder und die Unzüchtigen und Zauberer und Götzendiener und alle Lügner: deren Teil wird in dem Pfuhl sein, der mit Feuer und Schwefel brennt!"

Dann schreien die Leute auf und heben ihre Hände als Zeichen der Zustimmung und zum Gebet. Und immer folgt unweigerlich eine weitere Sünde, über die der Prediger zu sprechen beginnt. Und plötzlich fällt Marie auf, dass die Leute manchmal sogar einen aus ihren Reihen anblicken und damit beginnen, ihn anzustarren, zu zischen, auf ihn zu zeigen und ihm sogar auf den Kopf zu schlagen oder ihm Rippenstöße zu geben. Einmal wird sogar einer aus der Kirche gejagt und während er durch den Mittelgang zum Tor rennt, fliegen ihm Gegenstände oder Schmutz an den Kopf, so dass er die Arme hochnehmen muss, um sich zu schützen. Als er fast den Ausgang erreicht hat, wird ihm von einem wütenden Mann die Jacke entrissen und er läuft ohne sie weiter, verfolgt von den lauten Schmährufen der Gläubigen in den Kirchenbänken, die sich kaum wieder zu beruhigen vermögen. Der Prediger ruft ihm noch einen Bibelvers nach, der ihm ankündigt, dass der Sünder unmittelbar in die Hölle fahren muss, dann ist er verschwunden.

Nun tritt für einen Augenblick Stille ein. Der Prediger schöpft Atem, um einen neuen Bibelvers in die aufgebrachte Menge zu schleudern. Doch diesmal flüstert er in die Stille hinein, und angesichts des Tumults, der eben noch geherrscht hat, klingt dieses Flüstern umso bedrohlicher:

„Fünftes Buch Mose, Kapitel 22, Vers 5: ,Eine Frau soll nicht Männersachen tragen, und ein Mann soll nicht Frauenkleider anziehen; denn wer das tut, der ist dem Herrn, deinem Gott, ein Gräuel!'"

Da schreit die ganze Gemeinde auf. Manche schlagen sich die Hände vors Gesicht, andere beginnen sich wie wild die Haare zu raufen oder mit den Händen auf die Bänke zu trommeln, auf denen sie sitzen, oder mit den Füßen auf den Kirchenboden zu stampfen. Durch den Lärm dröhnt die Stimme des Predigers, der damit begonnen hat, den Bibelvers auszulegen. Alex sitzt wie versteinert da. In seinen Ohren dröhnt es:

„und ein Mann soll nicht Frauenkleider anziehen!"

Um nicht aufzufallen, müsste er wie die anderen in irgendeiner Weise Zeichen des Abscheus von sich geben. Aber er fühlt sich wie erstarrt. Dabei scheint der Prediger nur ihn anzusehen, scheint seine Worte, die Alex vor lauter Geifer nur brockenweise verstehen kann, ganz gezielt an ihn zu richten. Plötzlich hebt der Mann sogar seine Hand und zeigt mit dem Finger auf ihn, und vielleicht wäre er ihm sogar entgegengesprungen, hätte die Kanzelwand ihn nicht hinter seinem Predigerpult gehalten. Er zeigt auf Alex, und während die schreiende Menge noch gar nicht realisiert zu haben scheint, dass er mit seinen Worten eine ganz bestimmte Person anspricht, schreit er in den Aufruhr hinein, so dass sich seine Stimme fast überschlägt:

„*Du* bist der Mann!"

Die Menge kreischt auf.

„Du bist der Mann, von dem der Heilige Geist durch den Propheten spricht!"

Dann wendet er sich an die Menge und schreit weiter: „Das ist der Mann, von dem die Schrift spricht, vor dem der Heilige Geist seinen Abscheu ausdrückt. ‚Ein Mann soll nicht Frauenkleider anziehen!' Der da hat an seinem ganzen Leib *nur* Frauenkleider! Was ist er also dem Herrn?"

Die Menge schreit: „Er ist dem Herrn ein Gräuel!"

Und der Prediger fährt fort: „Den Tempel seines Leibs hat er geschändet, und als Weibsperson verkleidet erscheint er auf heiligem Boden! Und er schämt sich nicht! Er verspottet Gott, indem er wie eine Hure geschmückt in sein Haus gekommen ist, und schämt sich nicht! Er verhöhnt euch, seine Schwestern und Brüder, indem er euch zu täuschen versucht über seine wahre Natur und vorgibt, ein Weib zu sein! Und er schämt sich nicht!

Aber wir rufen ihm zu: Schande über dich! Wir ehren das Weib, das nach dem Bild des Mannes geschaffen ist, um ihm Nachkommen zu gebären, doch dieses Mannweib kann nicht gebären! Unfruchtbar ist dieser Körper, verkehrt in Abschaum! Schande über ihn! Er verhöhnt den Menschen, den Gott, der Herr, als Mann und Frau geschaffen hat! Er verhöhnt die heilige Schöpfung, denn als Mann und Frau schuf Gott den Menschen! Und er verhöhnt den allmächtigen Gott, den Schöpfer des Himmels und der Erde, indem er seine Schöpfung verdreht, sie verkehrt nach seinen eigenen, perversen Gelüsten. Er häuft Schande auf sein Haupt und seinen eigenen, besudelten Körper!

Und was wird nach den Worten des Propheten seine Strafe sein?"

Bei dieser Frage hebt der Prediger seine Hände hoch über seinen Kopf, um die Gemeinde zu einer Antwort zu animieren. Und diese ruft wie aus einem Mund: „Der Pfuhl!"

Wie zur Bestätigung wiederholt der Prediger kreischend den Bibelvers: „Sein Teil wird in dem Pfuhl sein, der mit Feuer und Schwefel brennt! In den Pfuhl wird er geworfen werden!"

Jeden einzelnen Satz des Predigers kommentieren die Leute durch einen Aufschrei, durch weiteres Haareraufen und „Amen"-Rufen und indem sie abwechselnd Alex anstarren und die Hände vor ihre eigenen Augen oder sich mit der Faust gegen die eigene Brust schlagen. Jetzt aber nehmen sie das letzte Wort des Predigers auf und beginnen rhythmisch zu skandieren: „In den Pfuhl. In den Pfuhl!"

Immer mehr von ihnen verlassen nun ihre Kirchenbank und drängen langsam nach vorn, wo Alex wie versteinert sitzt. Schnell sieht er sich von einer wütenden Menschenmenge umgeben, die ihm immer näher rückt. Sie drängt in die Kirchenbank hinein, in der er noch immer verharrt, ohne dass er sich hätte rühren können, und wenn auch die Vorderen nicht näher herangekommen wären, so werden sie doch von den Hinteren weitergeschoben, so dass sie Alex fast unter sich begraben. Nun endlich vermag auch er sich zu bewegen, versucht aufzuspringen, doch dabei reißt der Stoff seines weiten Rocks, durch das Ungestüm seiner Bewegung wird ein Fetzen abgerissen, auf dem einer der Herandrängenden seinen Fuß stehen hatte. Der blütenweiße, spitzenbesetzte Unterrock wird sichtbar, den Alex darunter trägt.

Da geht es wie ein Ruck durch die Menge. Im nächsten Augenblick reißt wieder Stoff und ein weiterer Streifen fehlt an dem Kleid. Alex schreit auf, doch das Geschrei um ihn her ist viel lauter, sein Schrei geht in dem allgemeinen Tumult unter. Nun wird auch an seinem Mantel gezerrt, der eng um seine Brust liegt und schmal in der Taille ist, ganz nach der Frauenmode der Zeit. Auch der Mantel reißt an mehreren Stellen auf. Schon fehlt der erste Ärmel. Im nächsten Augenblick reißen die Knöpfe ab und kurz darauf geht der ganze Mantel entzwei. Er wird ihm einfach vom Leib gerissen. Und auch vom Rock und den Unterröcken wird immer mehr von dem spitzenbesetzten Stoff abgerissen. Alex' Versuche, sich zu wehren, werden immer verzweifelter, doch es sind einfach zu viele Hände, die nun nach dem Stoff greifen und an ihm zerren. Schnell gehen nun auch die Unterröcke in Fetzen. Alex versucht aufzustehen, um zu fliegen, doch ist die Menge zu dicht und in den Kirchenbänken ist es viel zu eng. Außerdem wird er nun an den inzwischen entblößten Armen festgehalten. Schon enthüllt der erste Riss eines seiner Beine, das in einem zarten, schwarzen Strumpf mit Spitzenbesatz steckt. Sogar an den Stiefeln wird nun gerissen. Im nächsten Augenblick reicht der Riss in seinem Unterrock bis zu seinem Schritt hinauf, in dem das schwarze Höschen sichtbar wird. Ein Strumpfhalter ist zu sehen, der über seinen makellosen Oberschenkel verläuft. Und immer wieder reißt Stoff an anderen Stellen und immer wieder zerren die Menschen daran, so dass unaufhaltsam ein Stofffetzen nach dem anderen verschwindet. Selbst das Hemdchen, dass er über dem BH getragen hatte, reißen sie ihm fort, es verschwindet irgendwo in der Menge. Schließlich hängt er an den Armen, die von starken Männerarmen gehalten werden, wie ein Gekreuzigter, nur noch im Höschen, mit BH und Strümpfen und mit nur noch einem Stiefel. Er kneift die Oberschenkel zusammen und versucht verzweifelt, mit den Händen, die nun wieder frei sind, seine Blöße zu bedecken.

Da weichen die Menschen von ihm zurück. Langsam heben sie ihre Hände und zeigen wie zuvor der Prediger mit dem Zeigefinger auf ihn. Einer von ihnen beginnt zu zischen, ein anderer skandiert einen rhythmischen Laut, in den die anderen einfallen. Alex versucht, sich ganz klein zu machen, doch da packt ihn ein kräftiger Mann unter den Armen und zwingt ihn, wieder aufzustehen. Er schiebt ihn aus der Kirchenbank heraus und die Menge, weiter zischend und rhythmisch skandierend, drängt ihn nach vorn, in die Richtung des Altars und des Predigers, der die ganze Zeit über kreischend mit seinen Schmähungen fortgefahren hat. Alex wird die Altarstufen hinaufgezerrt, und als die Menge einen Meter von ihm zurückweicht, steht er auf der obersten Stufe mitten in einem leeren Kreis, fast nackt schutzlos den Blicken der Menge und der Kälte des Raums ausgesetzt. Hinter ihm stehen ein paar Männer, die ihn festhalten und dafür sorgen, dass er sich nicht bewegen kann.

Auf einmal steht der Prediger dicht neben ihm und schreit: „‚Die Feigen aber und Ungläubigen und Frevler und Mörder *und die Unzüchtigen* und Zauberer und Götzendiener *und alle Lügner*, deren Teil wird in dem Pfuhl sein, der mit Feuer und Schwefel brennt!', spricht der Apostel Johannes in der Apokalypse, Kapitel 21, Vers 8!"

Und die Menge schreit wiederum wütend auf und beginnt zu skandieren: „Unzüchtiger! Unzüchtiger! Unzüchtiger!" Und die Menschen zeigen mit hasserfüllten Gesichtern auf Alex und manche spucken ihn sogar an oder bewerfen ihn mit Schmutz und verdorbenen Lebensmitteln und Schlimmerem. Alex versucht wieder seine Blöße zu bedecken, doch die Männer hinter ihm reißen seine Arme zur Seite, so dass er weiterhin schutzlos den Blicken und den Wurfgeschossen der wütenden Menschen ausgeliefert ist.

Da zieht sich die Menge plötzlich von ihm zurück. Von den Männern hinter ihm wird Alex auf die Knie gedrückt. Mit einem Mal kniet er ganz allein auf der obersten Stufe, während die Menge auf ihn starrt und langsam verstummt. Nun wird die Stimme des Predigers wieder hörbar: „Schaut auf ihn, den Unzüchtigen, der sich als Weibsperson verkleidet und den heiligen Boden entweiht hat: sein Teil wird in dem Höllenpfuhl sein, der mit Feuer und Schwefel brennt. Hinfort mit ihm!"

Und die Männer, die hinter Alex stehen, ziehen ihn

wieder auf seine Füße und stoßen ihn die Altartreppe hinunter. Alex muss humpeln, da er nur noch einen der eng geschnürten Stiefel trägt. Am Fuß der Stufen taucht er in die Menge ein und wird unsanft und unter Schlägen in Richtung Ausgang gestoßen. Dabei hört er die Menschen nun wieder „In den Pfuhl, in den Pfuhl!" skandieren, und die Rufe werden immer bedrohlicher. Das Portal der Kirche rückt unaufhaltsam näher und Alex sieht, dass nun beide Flügel der Tür offen stehen, und in diesem Augenblick braust auch die Orgel auf mit einem höllischen Getöse und als er mühsam bis an die Schwelle der Kirche gekommen ist, während unablässig Unrat und Schläge auf ihn niederprasseln, sieht er, dass sich am Fuß der Treppe nun ein großes Loch befindet, es könnte ein Sumpf oder ein Tümpel sein, doch ist es eckig wie ein Schweinekoben, und tatsächlich steht eine größere Menge von Schweinen am anderen Ende, bis zu ihren Bäuchen und darüber hinaus in dem Morast versunken, den sie selbst geschaffen haben. Alex sträubt sich heftig, indem er verzweifelt an seinen Armen zerrt und versucht, sich zu Boden fallen zu lassen, doch die Männer packen ihn wieder und ziehen ihn die Kirchentreppe hinunter, und die Menschen skandieren weiter „In den Pfuhl, in den Pfuhl!", und als Alex unten an der Treppe angekommen ist, wie wild um sich schlagend und schreiend, zerren die Männer ihn weiter, machen selbst einen Schritt in den Morast hinein, in dem sie bis zu den Knien versinken, ziehen Alex hinter sich her, fassen ihn dann mit beiden Händen, suchen und finden einen Rhythmus, in dem sie ihn vor- und zurückschwingen und stoßen ihn dann nach vorn. Er fängt sich, noch fällt er nicht, nur seine Beine versinken in dem feuchten Schlamm, in dem er fast ausgleitet. Aber im nächsten Augenblick steht einer der Männer hinter ihm und wirft ihn um wie einen Kegel. Alex wird nach vorne geschleudert, verliert das Gleichgewicht, rudert wie wild mit den Armen in der Luft und fällt dann auf die Knie. Zunächst kann er sich auf Knien und Händen halten, doch nun drückt der Mann seinen Kopf hinab und ein anderer stellt einen Fuß auf seinen Rücken und zieht ihm Beine und Arme weg, und Alex versinkt in dem Pfuhl, mit dem Gesicht zuerst, dann mit dem ganzen Körper. Der Morast schließt sich über ihm, er bekommt keine Luft mehr, fühlt weiter die Hände und den Fuß, die ihn niederhalten, versucht verzweifelt, seinen Kopf zu befreien, um wieder atmen zu können, spürt den Morast, der ihn überall umgibt, und fühlt den Augenblick kommen, in dem er keine Luft mehr bekommt, und …

… erwachte.

Er brauchte einen Augenblick, bis ihm klar wurde, dass es wiederum nur ein Traum war, den er gehabt hatte, und als die Erleichterung über diese Tatsache Raum in ihm gewann, fragte er sich nicht zum ersten Mal nach dem Sinn solcher Träume. Keine Frage: Durch das, was er in diesen Kleidern erlebte, fühlte er sich *befleckt*. Strenggenommen war er fremdgesteuert und also nicht im vollen Umfang verantwortlich zu machen, doch ganz ohne Zweifel fürchtete er dennoch die Verurteilung durch andere, durch die Konvention, durch was auch immer. Es war ein Tabubruch, was er hier tat, und etwas in seinem Inneren wollte sich damit nicht abfinden. Er tat etwas, das andere für moralisch verwerflich hielten, und die Tatsache, dass er in dieser Überzeugung erzogen worden war, wollte ganz offensichtlich mit allen Mitteln verhindern, dass er es ... genoss.

War es das? Konnte das sein? Spontan wollte er sich gegen diese Erkenntnis wehren, doch erkannte er, dass dies nicht seinem eigenen Antrieb entsprach, sondern dem Wertesystem derer, die ihn verurteilten. Wenn er jedoch unabhängig davon in sich hineinhorchte, musste er sich eingestehen, dass es zweifellos zunehmend Elemente seiner erzwungenen Rolle gab, die er mochte, mehr noch: die einen besonderen Reiz auf ihn ausübten. Ediths Worte kamen ihm wieder in den Sinn: „Du *bist* auch ‚Marie', glaub mir, auch wenn es dir im Augenblick noch komisch vorkommt." Und was hatte sie noch gesagt: „Und dafür wirst du *mit Sicherheit* keine Strafe zu erwarten haben, selbst wenn dir jetzt pervers oder demütigend vorkommt, was du hier tust."

Konnte es sein, dass sie recht hatte? Wenn ja – Alex erschien dies als durchaus denkbar, viel zu sehr schätzte er Edith, um ihre Worte nicht ernst zu nehmen –, dann war es an der Zeit, sich von den Moralvorstellungen der Konvention zu verabschieden, die ihn in solche Albträume hinein trieben. Dann war es an der Zeit, das Leben, das er hier zu leben die Möglichkeit hatte, auch ein wenig zu genießen.

„Ein Kunstwerk!"

Es war auch eine Folge der Erfahrungen der vergangenen Nacht, die Alex in dem Entschluss bestärkt hatten,
weiter an seiner Professionalität zu arbeiten und sich
zunächst einmal und wenn möglich nun mit positivem
Vorzeichen an sein Leben als Frau in dieser wunderschönen Umgebung zu gewöhnen.

Das war insofern nicht schwer, als Edith ihn nach
Kräften unterstützte. Sie begleitete ihn aufmerksam
und fürsorglich und hatte sich offenbar vorgenommen,
ihm seine Aufgabe so angenehm wie möglich zu machen.

Zugleich war eine solche Unterstützung aber auch
notwendig, denn viele Situationen hätten Alex
schlichtweg überfordert und es gab eine ganze Menge
zu bedenken und vorzubereiten. So teilte Edith ihm
schon am Vormittag dieses Tags mit, dass Tom darum
gebeten habe, dass man sich am übernächsten Abend,
am Freitag, in Abendgarderobe treffen und dass zu
diesem Treffen auch einige Freunde eingeladen würden, die ihm besonders nahestanden.

„Ich nehme an, dass es um den Heiratsantrag gehen
wird. Aber Genaueres weiß ich noch nicht."

„So schnell?!" Alex war überrascht. „Hat sich Paul
dazu geäußert?"

„Paul ist heute früh auf den Kontinent geflogen und
wird erst morgen Abend wieder zurück sein."

Alex zögerte kurz, nickte dann aber. Er wollte ja professionell sein. Allerdings spürte er wieder Nervosität
in sich aufsteigen. „Was genau wird denn geschehen?

Und was werde ich dabei tun müssen? Und müssen wir noch etwas vorbereiten? Ich meine, was zum Beispiel die Garderobe angeht?"

„Mit der Garderobe dürften wir gut aufgestellt sein nach unseren Einkäufen, liebste Marie." Edith lächelte Alex an und hakte sich dann bei ihm unter, während sie in den Park hinaus spazierten. „Worum ich mir eher Gedanken mache, ist deine Frisur. Wir haben ja schon darüber gesprochen. Wenn wir uns Audrey Hepburn in *Frühstück bei Tiffany* zum Vorbild nehmen, dann brauchst du dringend eine Hochsteckfrisur und also eine Haarverlängerung."

Alex atmete tief durch. „Wie funktioniert das?"

Edith lächelte. „Eine sehr *männliche* Frage, liebste Marie! Als Frau würdest du eher nach den Möglichkeiten fragen. Wie lang die Haare zum Beispiel werden könnten oder ob du dir die Haare dabei gleich auch färben lassen kannst."

Alex nickte. „Also gut. Wie lang können die Haare also sein und kann ich sie mir dabei gleich auch färben lassen?"

„Ich will dir deine Alex-Frage trotzdem beantworten. Inzwischen kann man sogar Echthaar verwenden, um es mithilfe von verschiedenen Techniken so in dein eigenes Haar einzuarbeiten, dass es aussieht, als wäre es deines. Und das kann natürlich richtig lang sein. Und, ja, damit das neue Haar farblich richtig zu deinem eigenen passt, ist es sogar angeraten, die Haare zumindest leicht färben zu lassen."

„Ist das alles nicht ziemlich aufwändig? Ich meine, wie lange dauert denn soetwas?"

„Das geht natürlich nicht innerhalb von einer halben Stunde. Aber es geht vielleicht schneller, als du meinst.

Und außerdem: Eine Frau, die sich auf ihre Verlobung vorbereitet, nimmt das natürlich gern auf sich, wenn sie weiß, dass sie damit dem Verlobten einen Herzenswunsch erfüllen kann."

„Aber wird das nicht einen komischen Eindruck machen, wenn ich, nachdem ich bisher eine Kurzhaarfrisur hatte, plötzlich lange Haare und eine Hochsteckfrisur habe?"

„Das ist das Schöne am Frausein, meine Liebe: Du kannst machen, was immer du willst. Wenn du nur attraktiv bist. Dann wird dir alles verziehen."

Und so kam es, dass Alex schon am Vormittag des nächsten Tags in einem sehr kleinen, sehr exklusiven Friseursalon saß und von einem sehr kleinen, sehr schwulen Friseur darauf vorbereitet wurde, dass sie nun eine längere Prozedur über sich ergehen lassen würde, an deren Ende sie exakt die gleiche Haarpracht und die gleiche Frisur haben würde, die ,Audrey' – offenbar eine intime Busenfreundin des Friseurs – in *Frühstück bei Tiffany* gehabt hatte, einschließlich der süßen Strähnchen und auf Wunsch sogar mitsamt dem etwas billigen Diadem, das sie zu Beginn in ihren Haaren stecken hatte.

Der kleine, schwule Friseur schien sich geradezu darüber zu freuen, dass Marie so gut wie nichts über künstliche Haarverlängerung wusste. Vielleicht war sein eigentlicher Traumberuf auch Lehrer oder Besserwisser, jedenfalls fing er bei Adam und Eva an und redete ohne Punkt und Komma, wobei Marie auch einiges über ihre eigenen Haare lernte.

„Es gibt ganz verschiedene Methoden der Haarverlängerung", dozierte ,François', wie er sich nannte, ohne dass Alex hätte sagen können, ob sein leichter, französischer Akzent echt oder künstlich war, „kalte und heiße, wie man sagt, aber ich bevorzuge das so genannte Keratin-Bonding, weil es den unschlagbaren Vorteil hat, dass es sehr lange hält, bis zu acht Monate, je nachdem, wie schnell das Haar wächst, denn so eine Haarverlängerung hält so lange, bis die Bondings wieder sichtbar werden, was passiert, wenn das Eigenhaar entsprechend gewachsen ist."

Während er diesen einen Satz drechselte, beschäftigte er sich bereits mit Maries Haar, das er zwischen seinen Fingern hindurchgleiten ließ, es kämmte, wieder hindurchstrich und es erneut kämmte, wobei Alex eine ganz kurze, minimale Irritation beobachtete. Das kannte er schon. Schließlich hatte er die Haare eines Mannes, die sich in den Händen des Profis offenbar anders anfühlten als die einer Frau. Auch François stutzte in dieser Weise, hatte sich aber schnell wieder im Griff und fuhr sowohl mit seiner Arbeit als auch mit seinem Vortrag fort – jetzt vielleicht sogar um noch einen Hauch begeisterter als vorher.

„Es heißt ‚Keratin-Bonding', weil ich für die Verbindung zwischen Eigen- und Fremdhaar künstliches Keratin verwende, das aus chemischer Sicht praktisch identisch ist mit unserem natürlichen Keratin, das etwa 90 Prozent unseres Haars ausmacht, so dass du also keine chemischen Fremdkörper im Haar haben wirst, wenn du hier nachher wieder herausgehst, so wie ja auch das Haar, das ich verwende, nicht künstlich, sondern Echthaar ist. Es fühlt sich an wie dein eigenes und ist auch genau so zu pflegen. Das Keratin-Bonding ist eine so genannte ‚heiße Methode' im Gegensatz zu den ‚kalten Methoden' der Haarverlängerung, die es auch gibt, was sich auf die Methode bezieht, mit der das Fremdhaar im Eigenhaar befestigt wird, denn es gibt natürlich eine ganze Reihe von Methoden, die alle ihre Vor- und Nachteile haben. Entscheidend ist in jedem Fall die Qualität des Bondings, also der Art der Klebung, sie ist der eigentliche Faktor, der die Dauerhaftigkeit der Haarverlängerung bestimmt, denn schlechtes Bonding kann dazu führen, dass die Haarverlängerungen sich vorzeitig lösen und die eingesetzten Haare verlorengehen."

„Und der Nachteil?"

François wirkte fast ein wenig pikiert. Mit seiner in die Luft gestreckten Hand und den abgespreizten Fingern machte er eine gezierte, wegwerfende Bewegung. „Nachteile gibt es praktisch nicht – nicht wenn man es so macht, wie ich es mache, denn ich sorge selbstverständlich dafür, dass man die Bondings nicht spürt, auch nicht wenn man darauf liegt, was ja zwangsläufig irgendwann der Fall sein wird, fürchte ich. Wenn man das Kleben falsch macht, können sie sich anfühlen wie kleine Knötchen, die man auf der Haut hat und die man normalerweise aus dem Haar herausbürsten würde, nur wäre das in diesem Fall fatal, denn dann würde meine ganze Arbeit mit einem Schlag zerstört. Aber so wie ich das mache, wirst du die Bondings nicht bemerken, meine Liebe, da sie weich sind und sich der Kopfform optimal anpassen. Trotzdem aber musst du selbstverständlich beim Bürsten vorsichtig sein, darfst nicht gewaltsam vorgehen, so wie Männer das machen." Wieder ein leicht angeekelter Ton in seiner Stimme. „Am besten bürstest du sehr häufig und sehr behutsam und wenn du dabei auf Widerstand stößt, neu ansetzen, die Bürste nicht ruckartig durch die Haare ziehen …"

Während dieses Vortrags hatte François zunächst ein wenig in Maries Haaren herumgeschnitten und dann Klammern eingesetzt, mit denen er offenbar bestimmte Stellen freilegte.

Alex schloss die Augen. Während er in sich hineinhorchte, spürte er erneut Aufregung in sich aufsteigen. Lange Haare: das war wieder etwas so unglaublich Weibliches! Zugleich aber war es noch einmal etwas anderes, hatte eine andere Qualität als das, was Alex bisher an Feminisierung erfahren hatte. Er erinnerte sich an den Augenblick, als ihm Ohrlöcher gestochen worden waren, das Gefühl, das ihn überkommen hatte, als er die zierlichen, blitzenden Stecker darin gesehen hatte. Sicher: die künstlichen Haare waren anders als die Löcher in den Ohren theoretisch innerhalb von Minuten wieder zu entfernen, aber andererseits geschah diese Haarverlängerung nicht mehr gegen seinen Willen, jedenfalls nicht mehr vollständig. Er hatte beschlossen, sich Mühe zu geben, und er wollte gern Ediths Rat folgen die Chance nutzen, ein wenig in die weibliche Welt hineinzuschnuppern. Richtig angepackt, konnte dies auch ein Abenteuer sein: beispielsweise herauszufinden, wie es war, so lange Haare zu haben. Ein fröhlich wippender Pferdeschwanz und eine Hochsteckfrisur gehörten wie die Ohrlöcher mit besonders weiblichen Ohrringen zu dem Femininsten, das vorstellbar war. Es war ja vermutlich nicht umsonst so, dass gefühlte 90 Prozent der Bräute Hochsteckfrisuren hatten.

Noch dazu würde er – vielmehr: würde Marie (vielleicht sollte er langsam damit beginnen, an sich selbst in dieser Form zu denken) – die glatten, langen Haare jederzeit auch wellen oder locken lassen können. Tatsächlich boten die langen Haare unendlich viele Möglichkeiten, ihr Äußeres zu verändern. Und eine Frau hatte bekanntlich Gefallen an der Veränderung des Stylings und Outfits, die sie offenbar ihren jeweiligen Stimmungen anpasste, daher wollte auch Alex diese Möglichkeiten kennenlernen.

Er war so in Gedanken versunken, dass er die Fortschritte kaum mitbekam, die sich auf seinem Kopf abspielten. Andererseits waren die vor lauter Klammern und Folien auch kaum richtig zu verfolgen. Schließlich färbte François auch noch Strähnchen in die schwarze Mähne hinein. Und endlich schnitt er die neuen Haare offenbar noch in die richtige Länge. Alex konnte zu diesem Zeitpunkt schon lange nicht mehr unterscheiden, welches seine eigenen und welches die neuen Haare waren.

Irgendwann dann, als er dachte, dass nun bald alles fertig sein müsse, begann François von Hochsteckfrisuren zu sprechen. Auch hierüber wusste er offenbar wirklich *Alles*, und es schien ihm wichtig zu sein, dass Marie auch wirklich *Alles* darüber erfuhr.

„Ich werde dir eine Hochsteckfrisur machen und währenddessen musst du gut aufpassen, denn wenn du in den nächsten Tagen aussehen willst wie Audrey, musst du alles genau so machen, wie ich es dir jetzt zeige."

Und damit begann es. Offenbar war die Frisur von Audrey Hepburn in *Frühstück bei Tiffany* höchst komplex – „ein Kunstwerk!", wie François verzückt gleich mehrmals betonte. Nicht einfach nur irgendwie zusammengedreht und hochgesteckt, sondern gleich in mehrfacher Hinsicht geschichtet – bei den Feinheiten verließen Alex seine Englischkenntnisse und er verstand die Einzelheiten nicht mehr, zumal ihm die Details einer Hochsteckfrisur bis zu diesem Zeitpunkt gänzlich unbekannt gewesen waren.

„Das Krönchen ist natürlich ein absolutes *Muss*, wenn du auch nur annähernd so aussehen willst wie sie, das ist ja klar", betonte François irgendwann, als die Frisur bereits eine komplizierte Schichtung aufwies. „Hier, siehst du", François wies auf eine Stufe in der Frisur etwa in der Mitte von Maries Kopf, „an dieser Stelle muss es platziert werden. Wenn wir das nicht tun, entsteht da eine Lücke, die absolut unverzeihlich wäre."

Halb wandte er sich dabei an Edith, denn er hatte längst begriffen, dass sie einen wesentlichen Anteil an Maries Entscheidungen hatte und bei ihr außerdem auf wesentlich mehr Vorkenntnisse bauen konnte als bei der eigentlichen Trägerin der Frisur.

Edith nickte. „Tom würde das sofort auffallen, wenn dieses Detail fehlte, da stimme ich dir zu."

„Ebenso wie die Perlenkette", setzte François fort. „Eigentlich sind die Perlen, die Audrey trägt, ja ziemlich billig, geradezu stillos! Keine Frau mit Stil würde sich mit solchen Klunkern behängen, aber zu Holly Golightly gehören die Perlen einfach dazu wie eben das Krönchen, die langen Handschuhe und die noch längere Zigarettenspitze. Und natürlich der Lidstrich. Habt ihr euch schon Gedanken um das Makeup gemacht? Das sieht bei Audrey so einfach aus, aber das solltet ihr von einem Profi machen lassen, so wie ihr ja auch zu mir wegen der Frisur gekommen seid. Eine gute Entscheidung!"

Edith nickte. „Das werden wir tun. Alles soll perfekt sein!"

François schien befriedigt. Offenbar war es ihm ein Anliegen, dass seine Frisur im richtigen Kontext stand, nicht etwa umgeben von Amateurarbeit. Aber ausdiskutiert war dennoch nicht alles.

„Anstelle dieser riesigen, falschen Perlen mit der protzigen Brosche solltet ihr natürlich eine schlichtere, aber dafür echte Perlenkette in Betracht ziehen. Das wäre auf jeden Fall stilvoller, auch wenn dadurch die Reminiszenz natürlich etwas geschmälert wird. Aber schließlich sollten die *falschen* Perlen Holly in einer Weise charakterisieren, die für Euch sicher nicht passend ist. Es geht Tom ja nicht um Holly, sondern um Audrey, nicht wahr?"

„Und vor allem um Marie!", fügte Edith hinzu.

„Natürlich!" François machte eine gezierte Geste, die offenbar Beschämung ausdrücken sollte. „*Vor allem* um Marie!"

Und so ging es noch lange Zeit weiter. Als François jedoch vom Hundertsten ins Tausendste kam, winkte Edith ab. Statt sich jedes Detail zu merken, sei es viel einfacher, wenn sie am Freitag wiederkämen und er Marie erneut frisieren und stylen würde. Wichtiger erschien es jetzt, dass sie jemanden finden müssten, der sich um das Make-up kümmerte und als François anbot, dies zu übernehmen, da er einen entsprechenden Kollegen an der Hand habe – „genial! Einfach genial, meine Lieben!" –, vereinbarten sie einen Termin, um Marie dann so glaubwürdig in Audrey zu verwandeln, dass kaum ein Unterschied zu erkennen sein würde. Das erschien Alex eigentlich ein wenig übertrieben, aber wenn Edith es gut fand, war es auch ihm recht und er nahm an, dass es auch Marie gefallen würde, wenn alles perfekt wäre. Dass François ein wahrer Künstler war, hatte er inzwischen erkannt und wollte sich ihm gern anvertrauen. Wenn er sich nur die Details nicht merken musste.

Als sie schließlich den Friseursalon verließen, wunderte sich Alex über das gänzlich andere Gefühl auf seinem Kopf. Es fühlte sich ein wenig so an, als würde er eine Mütze oder einen Hut tragen und spontan versuchte er das neue Gewicht auf seinem Kopf zu balancieren. Bis er sich traute, seinen Kopf wieder ganz normal zu bewegen, waren sie schon einige hundert Meter weit gelaufen. Es war eine ganz deutlich spürbare Veränderung, die sich auf die Wahrnehmung, das Selbstgefühl unmittelbar auswirkte. Alex spürte, dass er in seiner Verkleidung oder Verwandlung in eine Frau wiederum einen Schritt getan hatte, der ihn noch weiter und tiefer in diese Welt des Weiblichen hinein führte. Und nach den Gesprächen mit Edith hatte diese Welt viel von dem Bedrückenden verloren, das die ersten, erzwungenen Schritte auf diesem Weg gehabt hatten. Nun war er auf einer Entdeckungstour unterwegs, bei der er nicht zuletzt seinen eigenen Gefühlen und Wünschen nachspüren konnte. Schließlich sollte auch er sich wohlfühlen, wenn er in den nächsten Tagen und Wochen als Frau lebte. Und nicht zum ersten Mal spürte er, dass die Trägerin einer solch kunstvollen Frisur ein Stück weit verletzlicher wurde, hilfebedürftiger. Es hatte offenbar durchaus seinen Sinn, wenn Männer rücksichtsvoll waren in Begleitung einer Frau, die so aufwändig gestylt und geschmückt war, denn es mochte zahlreiche Situation geben, in denen ein solches Kunstwerk bedroht war und beschützt werden musste.

Eine neue Note

Da es nach der aufwändigen Prozedur bei François Zeit war, zu Mittag zu essen, betraten Edith und Alex ein Restaurant, in dem Edith offenbar gut bekannt war. Sie bekamen einen sehr schönen Tisch mit Blick auf die Straße mit ihren altertümlichen, unverkennbar englischen Gebäuden und den flanierenden Menschen. Galant wurden sie an den Tisch geleitet und die Stühle wurden für sie zurecht gerückt.

„Und? Wie fühlt es sich an?", fragte Edith, nachdem sie sich hingesetzt hatten und die Bedienung weit genug entfernt war, um sie nicht hören zu können.

Alex horchte für einen Augenblick in sich hinein. „Ungewohnt", sagte er dann vorsichtig. Er konnte das neue Gefühl noch nicht in Worte fassen. Vor allem war er überrascht festzustellen, dass er zunehmend durcheinander war. Sicher, er hatte sich vorgenommen, die Schritte, die nun zu tun waren, als eine Entdeckungsreise anzusehen und mit einer gewissen Neugier einen Schritt nach dem anderen zu tun und offen für das zu sein, was darauf folgen würde. Aber er konnte nicht leugnen, dass nicht allein Entdeckerneugier geweckt und befriedigt wurde, sondern die Situation zudem einen ganz eigenen Reiz bekam. Er hatte vorher schon einmal festgestellt, dass, wenn Zeit und Gelegenheit günstig waren, auch ein charakteristisches Prickeln mit ins Spiel kam, das seinen Ort vor allem in seinem Höschen hatte, wo es warm und eng wurde. Er konnte nicht leugnen, dass all dies Ausdruck von Erregung war. Diese unglaublich sinnliche Kleidung war nicht *nur* demütigend. Wenn er in den Spiegel schaute, sah er eine begehrenswerte Frau, aber ebenso spürte er seine eigene Begierde stimuliert durch den Kontakt seiner

Haut mit diesen Stoffen, durch die Enge, in die die Kleidung ihn zwängte, durch Reibung und Druck, der an ganz bestimmten Stelle entstand. Er konnte nicht leugnen, dass die Erregung nach Befriedigung verlangte, für die er bisher keine Zeit und wohl auch keine Aufmerksamkeit gehabt hatte. Wahrscheinlich hatte er sich bis jetzt gegen dieses Gefühl auch unbewusst gewehrt. Nun aber wirkte diese Form der Stimulation immer deutlicher, auch wenn sie in seinem Empfinden eigentlich nicht sein durfte! Er war weder schwul noch hatte er sich für pervers gehalten, selbst wenn er mit Eva den einen oder anderen Fetisch – darunter auch ausgefallene – ausprobiert hatte.

Vielleicht war auch dies nur ein Fetisch, dachte er. Frauenkleider zu tragen war nicht sehr anders als Lack- oder Latex-Kleidung anzuziehen oder sich in Gummi einzuhüllen. Vielleicht hatte er bisher nur nicht bemerkt, dass er in Wirklichkeit ein heimliches Faible dafür hatte; allerdings war die Art und Weise, wie Eva ihn an diesen Fetisch herangeführt hatte, nicht eben dazu angetan gewesen, seine Lust zu wecken. Das war nun anders. Edith zeigte ihm bewusst die schönen Seiten des Frauseins, und ganz offensichtlich gehörte dazu eine gehörige Portion Sinnlichkeit. Er hatte schon früher bemerkt, dass es Kleidung gab – Stiefel vor allem –, die es ihm schwermachte, sich auf anderes zu konzentrieren, wenn er sie trug, einfach weil sie seine Aufmerksamkeit auf die sexuelle Erregung konzentrierte, die nicht allein in seinem Höschen spürbar wurde. Das hatte er in Männerkleidung bisher niemals erlebt, aber seit er diese Entdeckung gemacht hatte, hatte er, wo immer sich die Möglichkeit dazu geboten hatte, Frauen beobachtet, und ihm war der Verdacht gekommen, dass manche weibliche Unaufmerksamkeit möglicherweise damit zusammenhing, dass diese Frauen in jenen Momenten mehr auf ihren eigenen, erregten Unterleib oder allgemeiner: ihren Körper konzentriert waren als auf die Außenwelt.

Edith schien ihn zu beobachten, lachte kurz auf und sagte dann: „Ungewohnt? Das ist doch die Antwort eines Mannes! Diplomatisch, unbestimmt, beliebig interpretierbar. Aber wie fühlt es sich *für Marie* an?"

Wieder besann sich Alex. *Für Marie.* Nun sollte er also als eine Frau antworten, die auf ihren Unterleib oder wo auch immer sexuelle Erregung bei Frauen ihren Platz hatte, konzentriert war. Er versuchte sich vorzustellen, was eine leicht rollige Frau empfinden und was sie wohl sagen würde. Würde eine Frau in einer solchen Situation ihrer besten Freundin gegenüber nicht ganz offen sein? War sie nicht gerade dazu aufgefordert worden, ohne Scham ihre innersten Gefühle in Worte zu fassen?

„Wie Marie sich fühlt?" Alex tastete sich vorsichtig voran. „Irgendwie … sexy!"

Jetzt schmunzelte Edith, sah Marie lange an. Dann nickte sie mit dem Kopf. „Das will ich meinen!" Sie lehnte sich in ihrem Stuhl zurück, musterte Marie noch einmal eingehender und sagte: „Wenn das nicht sexy ist, wüsste ich nicht, was sexy sein sollte."

Sie betrachtete sie offenbar wie das, was auch François in ihr gesehen hatte: wie ein Kunstwerk. „Das ist so … du wirkst auf diese Weise so zart, so zerbrechlich! Dein Hals – mir ist noch nie aufgefallen, dass er so lang und schlank ist. Durch die Frisur wird das wunderbar betont und das wird in jedem Mann den Beschützerinstinkt wecken, glaub' mir. Und sicher noch mehr als nur das." Sie lächelte vielsagend.

Dann beugte sie sich zu Marie hinüber, gab ihr einen leichten Kuss auf die Wange und flüsterte: „Und weißt du auch, was das Ganze bei all der Perfektion *besonders* sexy macht?"

Marie sah sie mit großen Augen an.

„Na, dass du eben ..." – sie ließ ganz kurz ihren Blick in Maries Schoß gleiten und blickte ihr dann wieder in die Augen – „... etwas zwischen deinen Beinen hast, das da eindeutig nicht hingehört – oder doch: es gehört da durchaus hin, aber es gehört eben nicht zu einer *Frau*! Schon gar nicht zu einer zarten, zerbrechlichen, die man vor jedem und allem beschützen muss."

Alex saß da wir erstarrt. Edith betrachtete ihn weiter und fuhr nach einigen Augenblick fort: „Ich meine: nicht zu einer *gewöhnlichen* Frau. Denn du bist ja alles andere als gewöhnlich, oder nicht? Nein, du bist eine Frau mit einem gewissen Extra, einem Geheimnis, das dich zwangsläufig immer ein wenig schüchtern sein lässt, denn du willst ja verhindern, dass jemand etwas davon merkt. Also bist du, was ich absolut liebenswürdig finde, zwangsläufig schüchtern."

Plötzlich lachte sie auf. „‚Zwangsläufig!' Was für ein schönes Wortspiel." Sie sah Marie amüsiert an. „Bist du denn läufig, meine Süße, ich meine: zwangsweise läufig?"

In diesem Augenblick spürte Alex Ediths Hand in seinem Schoß, die dort zielstrebig nach etwas suchte.

„Wenn man diesem Wort glaubt, müsstest du also eigentlich zwangs-läufig sein, durch diese Aufmachung quasi dazu gezwungen, läufig, erregt zu sein. Jedenfalls sagt das diese Formulierung, oder nicht?" Die Hand, die gefunden, wonach sie gesucht hatte, begann ihn zu streicheln und drückte schließlich leicht zu. Alex zuckte zusammen.

Edith zog die Hand zurück.

„Zwangsläufig! Dieser Doppelsinn ist mir noch nie aufgefallen!" Und sie lachte erneut. „Aber es passt wunderbar, oder nicht? Eigentlich dürfte es recht gut deine derzeitige Situation beschreiben, wie ich gerade bemerkt habe." Und sie blickte demonstrativ auf ihre Hand, die nun wieder auf der Tischplatte lag.

Dann atmete sie einmal tief durch, räusperte sich und kehrte zu ihrem eigentlichen Thema zurück. „Aber – *by the way* – *niemand* wird etwas merken, glaube mir. Jedenfalls nicht, wenn du es ihn nicht merken lassen willst. Aber der Reiz besteht natürlich darin, dass *wir* es wissen! Ich meine: wir wissen, dass hinter dieser wirklich hinreißenden, femininer nicht denkbaren Fassade, in diesem ganz und gar perfekten Audrey-Hepburn-Double …" – sie neigte sich wiederum zu Marie, so dass sie ihr unmittelbar ins Ohr flüstern konnte – „… ein *Mann* steckt!"

Es war offensichtlich, dass diese Vorstellung Edith erregte. Alex hatte sie so noch nie erlebt. Aber er konnte nicht anders: ihm ging es ähnlich. Diese Situation war natürlich absurd, aber wenn er in den Spiegel schaute, konnte er nicht umhin, die Frau, die er dort sah, zu begehren. Pervers. Und er genoss die Erregung, die von Ediths Hand in seinem Schoß geweckt worden war.

Dass es Edith war, die diese Situation herausgefordert hatte; dass sie ihr ganz offensichtlich gefiel – und vielleicht sogar noch mehr –, beförderte diese erregende Wirkung noch.

Aber nachdem Ediths Hand schließlich aufgehört

hatte, sich zu bewegen und langsam aus seinem Schoß verschwunden war, schien sie sich schnell wieder im Griff zu haben. Sie lächelte ihn selbstbewusst an, nahm einen Schluck aus ihrem Wasserglas, sah für einen Moment durch das Fenster auf die Straße und begann dann, Pläne zu machen: „Ich finde, das schreit geradezu danach, die Frisur und diese ganze, wunderschöne – und zwangsläufige – Marie auszuführen, oder nicht? Wir sollten sie in die Welt hinaus schicken und vorzeigen. Andere sollen auch ihre Freude daran haben, und wir wollen gern sehen, wie all das wirkt."

Alex sah Edith fragend an. „Was meinst du?" Er hatte keine Vorstellung, worauf Edith konkret hinaus wollte.

„Hast du denn nicht bemerkt, wie du auf der Straße angeschaut worden bist?"

Alex war viel zu sehr mit sich selbst und dem weiteren Schritt auf dem Weg seiner Feminisierung beschäftigt gewesen, um auf andere Menschen zu achten und darauf, wie sie auf ihn – oder vielmehr sie – reagierten.

„Nicht? Ich schon!" Edith sah sich um. Sie bemerkte den Spiegel an der Wand schräg gegenüber. „Schau mal in den Spiegel dort!"

Alex schaute unauffällig hinüber. Das hatte er schon zuvor getan und sich darin betrachtet, aber jetzt musterte er das Spiegelbild erneut und versuchte es mit den Augen eines Fremden zu sehen. Er schüttelte mit dem Kopf. „Das ist schon unglaublich," bemerkte er nachdenklich, und griff spontan seine vorherigen Gedanken wieder auf: „Ich meine ... wenn ich ein Fremder, also nicht Alex, wäre, also irgendein Mann, der da gerade über die Straße läuft ... ich könnte mich glatt in diese Frau verlieben. Oder ... jedenfalls ... würde ich ihr sicher nachschauen und mir wünschen, mich mit ihr verabreden zu können …"

Edith nickte energisch mit dem Kopf. Als Alex nichts weiter sagte, fuhr sie leise fort: „Also: *Ich* – ich finde dich *heiß*!"

Alex spürte, dass die Atmosphäre schon wieder zu prickeln begann. Er nickte vorsichtig. „Frauen mit solchen Frisuren haben mich früher oft beeindruckt, meist sogar angemacht. Ich habe sie bewundert, war von ihrer Schönheit und Eleganz vollkommen hingerissen, oft stunden- oder sogar tagelang, selbst wenn ich sie nur für Sekunden gesehen hatte. Allerdings habe ich immer gespürt, dass sie einer anderen Welt, einer anderen Sphäre angehörten als ich. Ich hätte sie niemals angesprochen, denn ich hätte immer befürchtet, dass ich mich lächerlich mache." Er hielt kurz inne, bevor er fortfuhr: „Und jetzt … sehe ich eine solche Frau da im Spiegel … und diese Frau … soll ich selbst sein!"

Edith nickte. „Es ist absolut kein Wunder, wenn du dich *heiß* findest, denn du *bist* heiß, meine Süße! Glaub mir, ich kann das beurteilen! Mit dieser Frisur siehst du geradezu umwerfend aus! Jetzt noch ein Abendkleid, und alle Männer liegen dir zu Füßen. Und – *by the way* – die Frauen auch." Und sie lächelte vielsagend.

„Die Frauen?" Alex wandte sich abrupt von Maries Spiegelbild ab und Edith zu. Die Anrede ‚meine Süße' hatte ihn weiter verwirrt. Das klang wie eine neue Note in ihrem Verhältnis. „Wieso die Frauen?"

„Na, weil Frauen ein intensives Empfinden für Schönheit haben. Sie sind darin sozusagen geschult. Und was hier zu sehen ist, ist ganz bestimmt Schönheit pur."

Alex traute sich kaum, ihr in die Augen zu sehen.

Als er es doch tat, sah er darin für einen Augenblick ein Glühen, das er zuvor noch niemals wahrgenommen hatte. Irritiert zog er seine Hand zurück, auf die Edith kurz zuvor die ihre gelegt hatte – und bereute es schon im nächsten Moment. Er fürchtete, dass Edith dies als eine Art Zurückweisung verstehen würde.

„Übrigens", fuhr Edith fort, offenbar ganz ohne sich irgendwie gekränkt zu fühlen, „die Motorrad-Kombi wäre noch eine Steigerung in Richtung *heiß*. Auch wenn sie vielleicht in eine andere Richtung geht."

Alex wurde es noch wärmer im Höschen. Er konnte diese Assoziation gut nachvollziehen.

„Die Kurven, die du dafür brauchst, das Leder, die Tatsache, dass alles so eng anliegen muss! Das man so überhaupt auf die Straße darf, ist schon ein Ding!" Edith lachte. „Das Kleine Schwarze oder ein Abendkleid in Verbindung mit dieser Hochsteckfrisur ist *eine* Sache. Aber eine Frau mit den richtigen Kurven in einer perfekt sitzenden, weichen, duftenden Leder-Motorradkombi, möglichst in sündigem Rot – das ist noch einmal eine ganz andere Nummer, glaub mir. Das sieht nicht nur heiß aus, das fühlt sich auch so an!"

„Woher weißt du das so genau?"

„Paul und ich haben uns über's Motorradfahren kennengelernt. Damals bin ich selbst gefahren, aber als Paul auftauchte, bin ich selbstverständlich lieber mitgefahren. Und ich hatte die heißeste Kombi, die du dir vorstellen kannst. Paul hatte nicht die Spur einer Chance!" Sie lachte herzlich.

„Was ist aus der Kombi geworden?"

„Oh, die muss noch irgendwo sein. Ich muss sie mal heraussuchen – vielleicht passt sie dir ja sogar."

„Und warum fahrt ihr nicht mehr?"

„Ach, verschiedene Gründe. Vor allem wegen Tom. Was würde aus ihm, wenn uns etwas passierte?"

Alex nickte verständnisvoll. Er wusste, wie viele frischgebackene Mütter und Väter das Motorradfahren aufgaben. Das war ein ernstzunehmender Grund.

„Also," kam Edith wieder auf ihren Punkt zurück, „Thema Kurven: Frauen setzen vielfältige Mittel ein, um Kurven zu betonen oder überhaupt erst zu schaffen. Längst nicht jede Frau *hat* die Kurven, die sie sich wünscht. Angefangen beim Push-up-BH, von dem inzwischen auch die Männer wissen. Nicht selten – und hier wird es für uns interessant – wird auch am Po geschummelt. Pölsterchen und Polster sorgen dafür, dass eine Kurve entsteht, wo vorher eine Gerade war. Und wenn das nicht reicht – und in deinem Fall wird das so sein – wird zusätzlich mit einer Verschmälerung der Taille gearbeitet. Es ist erstaunlich, wie wohlgeformt ein Po plötzlich aussieht, wenn man die Taille schmaler macht."

Alex fühlte sich an seine Erfahrungen mit einem Korsett erinnert und ihm war spontan unwohl. Als er dies vorsichtig äußerte, legte Edith ihm wieder ihre Hand auf den Unterarm. „Keine Sorge, diesmal geht es ja nicht darum, dich zu demütigen. Wir wollen nur ein wenig *body-shaping* betreiben. Nur so weit, wie du selbst es willst. Und du *weißt*, dass zu einer roten Lederkombi Kurven gehören!"

Alex nickte.

„Und es macht Spaß, glaub mir! Wenn du dann beobachtest, wie diese Stellen die Augen der Männer wie magisch anziehen, fragst du dich, warum du damit nicht schon viel früher begonnen hast."

Edith lachte.

Auch Alex schmunzelte, auch wenn der Scherz haarscharf an ihm vorbei ging. „Na ja, viel früher hätte ich kaum damit beginnen können."

Edith nickte. „Stimmt. Der Arsch von Alex war schon knackig genug."

Jetzt lachten beide.

Der Antrag

Nun also war es soweit. Alex wusste in etwa, was ihm bevorstand, denn Tom hatte sich von Paul genau instruieren lassen und als Paul an diesem Nachmittag vom Kontinent zurückgekommen war, blieb noch genug Zeit, die Zeremonie zu besprechen, so wie Tom sie zu vollziehen gedachte.

Selbstverständlich hatte Alex viel Zeit mit den Vorbereitungen seines Äußeren verbracht. Am Morgen war er bei François gewesen und hatte Frisur und Make-up machen lassen, dann hatte er auf Anraten von Edith gebadet, sich vollständig rasiert und sich ausführlich mit verschiedenen Cremes eingecremt. Schließlich hatte er damit begonnen, sich anzukleiden. Auch hierbei half ihm Edith, wobei er feststellte, dass die Atmosphäre wieder leise prickelte. Manchmal zuckte er sogar, wenn Edith seine Haut berührte. Sie selbst schien jedoch ganz gelassen, ganz professionell zu sein. Nur als sie ihm eine zarte, goldene Kette um seinen frisch eingecremten und seidenweichen Hals legte und den Verschluss in seinem Nacken schloss, stand sie so dicht hinter ihm, dass er durch den Stoff des Abendkleids die Wärme ihres Körpers spüren konnte. Und ihm war, als stünde sie dort etwas länger, als es für das Verschließen der Kette eigentlich notwendig gewesen wäre.

Etwa eine Stunde vor dem Termin trafen die ersten Gäste ein. Alex wusste, dass es nicht mehr als zehn oder zwölf werden würden und dass sie alle gute, alte Freunde von Edith und Paul waren, die über alles Bescheid wussten – mit Ausnahme des einen, kleinen Geheimnisses.

Zunächst kamen Virginia und Martin, Amerikaner, die sich in Schottland ein Castle gekauft hatten und nun zwischen den Highlands und Montana pendelten. Dann kamen Ingo und David, ein Paar, das in Deutschland lebte, aber in der Internet-Cloud arbeitete und damit weltweit vernetzt war. Als Dritter kam Bernhard, ebenfalls aus Deutschland, in einschlägigen Kreisen bekannter Schriftsteller und offenbar seit seiner ersten Jugendliebe auf der Suche nach der absolut perfekten Frau.

Alex fand ihn gleich sympathisch. Man sah ihm die Schriftstellerei nicht an: Er rauchte keine Pfeife und war durchaus nicht ärmlich oder nachlässig gekleidet. Man hätte ihn auch für einen Ingenieur halten können. In jedem Fall strahlte er die Aura von Freiheit aus, von Unabhängigkeit und vollkommener Selbstbestimmtheit, was sich nicht zuletzt darin äußerte, dass er Marie so lange ungeniert beobachtete, dass sie es beinahe unhöflich, in jedem Fall verwunderlich fand. Was Alex allerdings am meisten daran verunsicherte, war die Tatsache, dass er sich weniger durch die bevorstehende Zeremonie, als vielmehr durch diese Blicke erregt fühlte. Verwunderlich hin oder her, Alex fühlte geradezu körperlich, wie Bernhard sich vorstellte, was Marie wohl unter ihrem Kleinen Schwarzen trug. Durch die Hochsteckfrisur fühlte Alex sich im Bereich des Halses, Nackens und Rückens ungeschützt, geradezu nackt und er beobachtete, wie Bernhards Blicke genüsslich der Linie des Halses folgte und dabei an Maries Busen hängenblieben. Er spürte es plötzlich im Höschen prickeln, aber er wehrte sich: Erstens sollte er sich auf seine Rolle konzentrieren, die vorsah, dass er sich in wenigen Augenblicken mit einem *anderen* Mann verlobte – *by the way*: war Marie diesem eigentlich *jetzt schon* zur Treue verpflichtet? – Und zweitens war dieser Bernhard ein Mann! Auch wenn Alex aussah wie Audrey Hepburn, so steckte in den Seidenstrümpfen und unter der Hochsteckfrisur doch immernoch ein Mann, der sich noch niemals in seinem Leben von einem anderen Mann sexuell angezogen gefühlt hatte! Seine sexuelle Orientierung war bisher immer eindeutig gewesen, also konnte es eigentlich gar nicht sein, dass Bernhard irgendetwas in seinem Höschen auslöste.

So versuchte er die Blicke als Kompliment für die professionelle Arbeit der Feminisierung von Alex zu sehen und wollte die Sache damit *ad acta* legen. Doch dann beobachtete er, wie Bernhard seine Aufmerksamkeit Ingo und David zuwandte, die er offenbar schon lange und sehr gut kannte. Sie plauderten und scherzten, schlugen sich gegenseitig auf die Schultern und stießen mit ihren Sektgläsern an – und Alex erwischte sich dabei, wie er ungeduldig darauf wartete, dass Bernhard seine Aufmerksamkeit wieder von den beiden ab und Marie zuwandte.

Ganz zweifellos war Bernhard ein Bild von einem Mann: Groß und breitschultrig, mit einem kastenförmigen Schädel, einer hohen Stirn, vollem, vorzeitig leicht angegrauten Haar und zugleich einem Blick, der sinnlichem Genuss ganz offensichtlich nicht abgeneigt war; kein grüblerischer Intellektueller, auch wenn er zweifelsohne klug und gebildet war. Vielleicht neigte er sogar zu Extremsportarten, was ihn Alex zusätzlich sympathisch machte, auch wenn er selbst seit seinem

Abstecher in das Leben als Frau kaum mehr daran gedacht hatte, sich selbst noch einmal in ein solches Risiko zu begeben.

In diesem Augenblick seiner Betrachtungen wurde er unterbrochen. Paul führte zwei neue Gäste zu ihm: Susanne und Helmut waren soeben eingetroffen, wobei Alex Helmut bereits kannte. Er war einer der Anwälte in Pauls Kanzlei. So hatten sie sofort einen Anknüpfungspunkt. Alex fühlte sich ehrlich geschmeichelt, als Helmut seiner Frau Susanne erzählte, wie mühelos sich Marie in die Kanzleiarbeit eingefunden habe und sich nicht scheute, Marie als ‚Traumbesetzung' für die Stelle zu bezeichnen und anzufügen, dass er sich ehrlich freuen würde, wenn sie zu gegebener Zeit in die Kanzlei zurückkehren würde. Er habe den starken Eindruck, fügte er verschwörerisch an, dass Paul das nicht viel anders sehe.

Erneut kam ein neuer Gast: Helen, Engländerin, die sich ebenso gut, wenn auch mit einem sehr sympathischen Akzent, auf Deutsch verständigen konnte. Sie stammte aus London, kannte Paul offenbar bereits vom Studium her und schien noch mehr als die anderen praktisch zur Familie zu gehören. Jedenfalls bewegte sie sich entsprechend in den Räumen des Schlosses, ging mit den Dienstboten vertraut um und wurde von Paul und Edith so behandelt.

Sie lobte als erstes Maries wunderschönes Kleid und die zarte Kette, die sie um den Hals trug. Dann ging sie ganz offen auf die Situation ein und dankte Marie ihrerseits für die Bereitschaft, einzuspringen und die Rolle, die Tom eine so große Freude machen würde, anzunehmen. Alex fühlte sich zum ersten Mal in der Situation, dass jemand ihn offenbar für eine *Frau* hielt, die die Rolle der Ehefrau für Tom spielen sollte, die also nur die halbe Wahrheit kannte, diese aber für die ganze hielt.

Doch führten Paul und Edith schon wieder neue Gäste in den Raum und stellten sie Marie vor, während Helen zu Bernhard, Ingo und David ging, mit denen sie offenbar ebenfalls seit langem befreundet war.

Elisabeth und Malcolm waren offenbar erst vor wenigen Minuten aus New York eingeflogen worden und würden die nächsten Tage ebenfalls im Schloss wohnen. Auch sie waren mit allem sehr vertraut und dankten Marie für ihren Einsatz. In diesem Fall spürte Alex allerdings überrascht, wie Malcolm ihm auf höfliche, aber bestimmte Weise deutlich zu machen versuchte, wie wertvoll ihnen allen Tom war und was es für Marie bedeuten würde, wenn sie das Vertrauen, das ihr geschenkt werde, missbrauche. Elisabeth, offenbar nicht seine Frau, aber wohl seine Lebensgefährtin, rief ihn zur Ordnung und lenkte geschickt zu Small talk über, wozu sie ebenfalls Maries Kleid als Ausgangspunkt nahm.

Als das Gespräch für einen Augenblick stockte, fing Alex zufällig einen Blick von Bernhard auf. Wieder hatte er eine Intensität, die ihn geradezu erschreckte. Jedenfalls wurde er sofort nervös und überprüfte schnell alle Details seiner Kleidung, seiner Haltung, seines Make-ups – zu gern hätte er gewusst, wie Bernhard ihn sah, welches Bild Marie in seinen Augen abgab, und musste sich wiederum irritiert eingestehen, wie wichtig es ihm war, dass Bernhard ihn – vielmehr: Marie – auf die vorteilhafteste Weise sah.

Ein weiteres Gäste-Paar betrat gemeinsam mit Paul den Raum und kam unmittelbar auf Alex zu. Er war sofort hingerissen. Die beiden Frauen waren bildschön. Beide hatten dunkle Haare und waren fast ganz in Schwarz gekleidet. Die ältere von ihnen trug eine Kurzhaarfrisur, die in die 1920er Jahre gepasst hätte, die andere hatte schulterlanges, leicht gelocktes Haar und trug ein offenbar nur aus großen Schleifen bestehendes Hütchen, das neckisch schräg auf ihrem Kopf saß. Die ältere Frau trug ein Kleid mit leicht ausgestelltem Rock, an Hals und Handgelenk eleganten Schmuck aus Perlen und einer wunderschönen Gemme, die jüngere einen knielangen, engen, seidig-glänzenden Rock und ein ganz aus Spitzen bestehendes Oberteil, das mit weißem Stoff unterlegt war. Beide trugen sie bis zu den Ellenbogen reichende Seidenhandschuhe, auf denen Perlen an den Handgelenken wunderbar in Szene gesetzt waren.

Ihr Make-up, das nicht aufdringlich wirkte, aber doch deutlich war, unterstützte unaufdringlich die Schönheit der beiden Frauen, die Alex fast den Atem nahm.

„Liebe Marie, ich möchte dir Martha und Maria vorstellen", wandte sich Paul an Alex, „aus Atlanta in Georgia/USA. Und dies", damit wandte er sich an die beiden Frauen, „ist Marie, die wir in Deutschland gefunden haben und die so liebenswürdig war, sich auf unsere ungewöhnlichen Wünsche einzulassen." Paul schenkte Marie ein warmes Lächeln.

Die beiden Frauen gaben Alex nacheinander die Hand, Alex fühlte ihre schmalen, zerbrechlichen Hände in der seinen und kam sich dieser Zartheit gegenüber geradezu bäuerisch vor. Er war versucht, zur Begrüßung den Kopf zu neigen, aber im letzten Moment bemerkte er, dass dies zu der Rolle als Frau wohl nicht gepasst hätte. Zu seiner Erleichterung übernahm die jüngere von ihnen, Maria, gleich das Gespräch. Nach kürzester Zeit plauderten sie, als wenn sie sich schon seit langer Zeit kennen würden, und Alex genoss freizügig die Vorteile eines amerikanischen Small talks, ohne sofort zu bemerken, wie aus dem Small talk schnell ein Gespräch wurde, das über die als amerikanisch verschriene Oberflächlichkeit weit hinaus ging.

Und dann betrat Tom den Raum. Alex hatte nicht bemerkt, dass Paul hinausgegangen war und ihn offenbar abgeholt hatte. Nun kamen sie beide durch die große, zweiflügelige Tür, die in die Halle hinaus führte. Tom trug einen perfekt sitzenden Smoking und war nicht weniger perfekt frisiert, und sein Lächeln, das die Spuren seiner Krankheit nicht verdecken konnte, war so gewinnend, dass sämtliche Gäste zu applaudieren begannen. Tom nahm diese Huldigung strahlend entgegen wie ein guter Fürst, der es ehrlich genoss, von seinem Volk geliebt zu werden, nicht zuletzt deswegen, weil er seinerseits sein Volk ganz offensichtlich liebte.

Geführt von Paul bewegte sich Tom von Gruppe zu Gruppe und begrüßte jeden einzelnen. Soweit es das Gespräch mit Martha und Maria zuließ, beobachtete Alex ihn dabei. Tom bewegte sich vollkommen frei zwischen ihnen, behielt aber strenge Höflichkeitsformen bei, die er perfekt beherrschte. Obwohl ihm das Sprechen sichtlich nicht leicht fiel, machte er eine Reihe von Bemerkungen, sprach aber ansonsten häufig durch Blicke oder höfliche Verneigungen. Helen nahm er zur Begrüßung ganz ungezwungen in die Arme. Auch zu Elisabeth und Malcolm hatte er offensichtlich ein sehr herzliches Verhältnis, was an seinem Strahlen deutlich zu sehen war, das sein Gesicht geradezu verklärte, als er zu ihnen trat.

Schließlich kam er zu Maria, Martha und Marie. Er begrüßte zunächst die beiden Amerikanerinnen – höchst ehrerbietig; es war ihm deutlich anzumerken, dass er weibliche Schönheit *anbetete*. Dann wandte er sich zu Marie.

Zunächst nahm er ihre Hand, die Alex ihm entgegenstreckte, vorsichtig in die seine, und deutete einen galanten Handkuss an. Dann trat er einen Schritt zurück, breitete die Arme aus, musterte Marie von oben bis unten, strahlte, wie es nur Menschen mit seiner besonderen Krankheit können, legte die Hände vor seiner Brust zusammen und verbeugte sich tief vor Marie.

Alex konnte nicht verhindern, dass er rot wurde, was Marie aber gut zu stehen schien, denn wieder applaudierten die übrigen Gäste. Toms Geste war so rührend, dass ihm sogar Tränen in die Augen schossen, die er glücklicherweise jedoch zurückhalten konnte.

Tom hatte sich wieder aufgerichtet, breitete nun erneut die Arme aus und sagte nur das eine Wort: „Wunderschön!" Und verneigte sich zum zweiten Mal.

Nun trat Paul, der sich im Hintergrund gehalten hatte, an Toms Seite, räusperte sich, so dass Tom auf ihn aufmerksam wurde und sich neben ihn stellen konnte, und begann mit einer Stimme, mit der er sich an alle im Raum Versammelten wandte: „Ich will gar nicht lange darum herum reden. Wir alle wissen, warum wir uns hier versammelt haben. Tom hat einen Herzenswunsch und Marie ist bereit, diesen Wunsch zu erfüllen. Die beiden kennen sich noch kaum, aber Edith und ich kennen beide schon ein bisschen länger" – schmunzelndes Gemurmel – „und sind zu der Überzeugung gelangt, dass es keine bessere, keine vorteilhaftere, keine wunderbarere Verbindung für unseren Tom geben kann als die bezaubernde Marie."

Applaus brandete auf. Marie fühlte sich ein wenig überwältigt, nahm irritiert die offenbar ehrlich begeisterten Blicke der beiden Amerikanerinnen wahr, die dicht neben ihr standen, und erhaschte gerade noch einen Blick von Bernhard, den sie nicht deuten konnte.

„Aus diesem Grund haben wir euch, unsere besten Freunde, hier zusammengerufen und möchten Tom bei diesem vielleicht wichtigsten Schritt in seinem Leben unterstützend zur Seite stehen."

Alex spürte plötzlich, wie es ihm mulmig wurde. Jetzt kam er ins Spiel. Jetzt wurde es ernst. Gleich würde etwas geschehen, von dem jedes Mädchen ihre ganze Kindheit und Jugend über träumte ... und *er* würde die Braut sein!

„Aber bevor es sozusagen ernst wird," – ein schneller Blick zu Alex, der mühsam versuchte, die Nervosität zu bekämpfen, die ihm schon jetzt die Finger zittern ließ – „möchte Tom selbst ein paar Worte an euch richten."

Tom trat einen Schritt vor. Alex konnte keinerlei Nervosität an ihm erkennen. Er schien sich seiner Sache vollkommen sicher zu sein. Doch dann sah er, dass auch seine Hände leicht zitterten.

„Liebe Freunde", sagte er, sich gewissermaßen jedes einzelne Wort sorgfältig auf seiner Zunge zurechtlegend, „ich freue mich, dass ihr alle da seid!"

Herzlicher Applaus. Alle wussten, was diese Rede ihn kostete.

„Ich freue mich auch," – nun wandte er sich Alex zu – „dass Marie hier ist!"

Erneuter Applaus, Bravo-Rufe. Alex nahm kaum noch etwas wahr, so nervös war er.

„Marie ist die Frau meiner Träume", stieß er mühsam hervor; offenbar hatte er den Text eigens auswendig gelernt. „Ich habe das sofort gewusst, als ich sie zum ersten Mal gesehen habe."

Applaus. Tom machte ein paar langsame Schritte auf Marie zu.

„Sie ist wunderschön. Und sie hat ein großes, gutes Herz."

Alle Augen waren nun auf Marie gerichtet.

„Und ich habe gefühlt, dass ich alles für diese Frau tun möchte" – er machte eine kurze Pause, fügte dann hinzu: „damit sie glücklich wird."

Wieder applaudierten alle. Martha und Maria waren ein wenig von Alex abgerückt, standen nun einige Meter von ihm entfernt und betrachteten die Szene von dort aus. Als er sie kurz ansah, strahlten sie ihn an, und als er die Augen wieder auf Tom richtete, meinte er aus dem Augenwinkel wahrzunehmen, dass Maria ihm einen beinahe schüchternen Handkuss zuwarf.

„Und deshalb ..." – nun sank Tom vor Marie auf ein Knie, machte eine kleine Pause, gab sich dann offenbar einen inneren Ruck und fuhr fort: „möchte ich dich, Marie, fragen" – er stockte, räusperte sich, gab sich wiederum einen Ruck und fuhr etwas lauter als notwendig fort: „Möchtest du meine Frau werden?" Und er hob seine Hand, um darin die Hand Maries zu empfangen.

Gebannte Stille. Alex fühlte sich trotz allem auf diesen Augenblick nur unzureichend vorbereitet. Seine

Gedanken und Gefühle rasten. ,Eine Posse', dachte er, ,nur eine Posse, ein Schauspiel, ein Spiel, mehr nicht; also spiel deine Rolle, spiel sie, denn dafür bist du schließlich hierher gekommen! Tu so, als wolltest du diesen Mann heiraten, das ist deine Aufgabe, nur deswegen bist du hier!' Und außerdem fühlte er sich von der Ernsthaftigkeit Toms zutiefst angerührt. Posse hin oder her – diesem liebenswürdigen Menschen wollte er sehr gern etwas Gutes tun. Und wenn es in Frauenkleidern und in der Rolle der Verlobten, vielleicht später in der Rolle der Ehefrau war, dann war das eben so.

Alex machte einen kleinen Schritt auf Tom zu, ergriff seine Hand mit seinen beiden Händen, drückte sie herzlich und flüsterte: „Sehr gern!"

In diesem Augenblick merkte Alex, dass Tom Angst gehabt hatte. Seine Haltung war verkrampft gewesen, sein Gesichtsausdruck mühsam beherrscht. Doch nun klärte sich dieses Gesicht zu einem reinen Strahlen.

„Dann", sagte er, indem er sich offenbar wieder auf seinen Text besann, „erlaube mir, dir als Zeichen meiner Liebe diesen Ring zu schenken" – er hatte plötzlich einen eleganten Diamantring in seiner Hand, den er Alex nun an seinen gepflegten, sorgfältig manikürten Ringfinger steckte – „der dich begleiten möge, bis wir im heiligen Bund der Ehe für immer miteinander verbunden sind."

Alex sah entgeistert den Ring an, der in dem Licht der vielen Kerzen, die im Raum brannten, in einer Weise blitzte und das Licht kaskadenartig reflektierte, wie er es noch nie zuvor gesehen hatte.

In diesem Augenblick erhob sich Tom aus seiner knienden Position und trat nahe an Marie heran. Das ,Drehbuch' sah vor, dass sie sich nun küssen mussten.

Alex nahm sich zusammen. Bisher war alles gut verlaufen. Wie hatte Edith gesagt: Sei professionell. Auch auf der Bühne wird geküsst, egal wie die sexuelle Orientierung des Schauspielers aussieht. Also ließ er sich von Tom einen braven Kinderkuss auf den Mund geben und lächelte anschließend ein professionelles Kameralächeln. Der Applaus nahm kein Ende. Tom und Marie standen Arm in Arm und nahmen ihn dankbar entgegen.

Als Tom sich einige Stunden später zurückzog, verabschiedete seine Verlobte ihn mit einem erneuten Kamera-Kuss, der ihr nun allerdings schon weniger schwer fiel. Langsam, mit der Hilfe von gutem Alkohol und den dankbaren Gästen, fand sich Alex in die Rolle hinein.

Eine Stunde später wollte auch er sich verabschieden. Er hatte, vor allem in dieser letzten Stunde, ordentlich dem Champagner zugesprochen und war entsprechend leicht angeheitert. Zugleich war er froh, dass ihm trotz dieses Zustands bisher kein Fauxpas unterlaufen war. Er fand, dass es der richtige Zeitpunkt war, sich zurückzuziehen.

Mehrere der Freunde sprachen ihr Bedauern aus, dass Marie sie schon verlassen wolle. Bernhard sagte kaum etwas, sie hatten den ganzen Abend über nicht mehr als ein paar Worte miteinander gewechselt, aber Alex hatte immer wieder seinen intensiven Blick auf sich gespürt. Alle gaben dem Wunsch Ausdruck, sich in den nächsten Tagen besser kennenlernen zu wollen.

Alex ging durch die Halle auf die große Treppe zu. Die Stufen waren dankenswerterweise recht flach; bei der Gelegenheit stellte er fest, dass er möglicherweise doch angetrunkener war, als er es geglaubt hatte, und freute sich auf sein geräumiges Bett. Als er fast oben an der Treppe angekommen war, sah er Martha und Maria unten die Stufen betreten. „Warte!", rief Maria ihm nach. „Wir kommen mit."

Automatisch wartete Alex, auch wenn er die Aufforderung nicht einordnen konnte.

Als die beiden schönen Frauen oben angekommen waren, hakte sich Maria bei ihm unter, während Martha neben ihm den Flur entlang in Richtung seines Zimmers ging.

„Habt ihr auch eure Zimmer hier oben?", fragte Alex, der sich zu einer weiteren, gepflegten Konversation eigentlich kaum mehr in der Lage sah.

„Nein", antwortete, Maria an seinem Arm und warf ihm ein hinreißendes Lächeln zu, „aber du, oder nicht?"

„Ich wohne gleich da vorn", sagte Alex, ohne sich einen Reim darauf machen zu können, was hier vor sich ging.

„Gut!", entgegnete Maria, „welches Zimmer?"

Alex deutete auf sein Zimmer. „Dort."

Martha ging voraus, öffnete die Tür und trat ein. Maria schob Alex hinter ihr hinein und schloss die Tür.

Keine von ihnen schaute sich im Zimmer um. Offenbar galt ihr Interesse nicht der Art und Weise, wie Marie wohnte.

Sie waren noch keine zwei Schritte in seinem Zimmer, da streifte Maria bereits die dünnen Träger von Maries Abendkleid von deren Schultern und Martha war dabei, den Reißverschluss ihres eigenen, eleganten, schwarzen Kleids zu öffnen. „Na endlich", stieß sie dabei hervor, während ihr Kleid zu Boden fiel und

Alex sich ein unzensierter, atemberaubender Blick auf verführerische Dessous und sanfte, weibliche Rundungen enthüllte. „Ich hatte schon befürchtet, dass du heute Nacht gar nicht mehr ins Bett gehen wolltest. So viel kostbare Zeit mit Plappern zu vergeuden, kann ich einfach nicht leiden!"

Und damit begann sie, Maria dabei zu helfen, auch die vermeintliche Marie auszuziehen.

Inhalt

Von Catherine May sind in der Reihe „Cross-dresser-Erzählungen" bisher erschienen:

„Neun Tage Frau – Teil 1"
(Crossdresser-Erzählungen – Band 1), 197 Seiten
ISBN: 978-3-7392-2829-9

„Neun Tage Frau – Teil 2"
(Crossdresser-Erzählungen – Band 2), 190 Seiten
ISBN: 978-3-7392-2999-7

„Im Kleinen Schwarzen. Erotische Erzählung"

Teil 1 (Crossdresser-Erzählungen – Band 3), 64 Seiten
ISBN: 978-3-7412-7242-4

Teil 2 (Crossdresser-Erzählungen – Band 4), 80 Seiten
ISBN: 978-3-7431-2847-7

Teil 3 (Crossdresser-Erzählungen – Band 5), 88 Seiten
ISBN: 978-3-7431-9482-3

Teil 4 (Crossdresser-Erzählungen – Band 6), 84 Seiten
ISBN: 978-3-7448-5187-9

Teil 5 (Crossdresser-Erzählungen – Band 7) 92 Seiten
ISBN: 978-3-7460-4948-9

Teil 6 (Crossdresser-Erzählungen – Band 8) 108 Seiten
ISBN: 978-3-7568-1456-5

Die Erzählung „Im Kleinen Schwarzen" wird fortgesetzt

Ein Sommertagtraum

„Wiederum brach ein neuer Tag an. Als Peter erwachte, sah er als erstes seine lackierten Fingernägel. Sie waren rosarot und in eine Form gefeilt, die er zuvor an seinen eigenen Nägeln noch nie gesehen hatte. Er erkannte sie kaum wieder. Ähnlich erging es ihm mit seinen Füßen, auch sie sahen vollkommen verändert aus. *Mehr Mädchen* schien nicht mehr zu gehen ..."

‚Ein Sommertagtraum' ist die Geschichte eines Jungen, der während eines Ferienaufenthalts zunächst gezwungenermaßen, dann mit immer mehr Genuss Mädchenkleider trägt und in eine Mädchenrolle schlüpft.

Die Geschichte erlaubt es sich (und den Lesern), zu träumen: So könnte die Geschichte eines Jungen *auch* verlaufen in einer irgendwie besseren Welt. Sie ist bewusst nicht als erotische Erzählung angelegt. Peter steht erst an der Schwelle zur Entdeckung seiner eigenen Sexualität. Umso überraschender sind die Entdeckungen, die er macht: Es ist, als sei er Teil eines Traums, als hätte er die ‚Welt hinter dem Schrank' betreten, und plötzlich ist alles ganz anders, als er es kennt.

Die Faszination der Körperlichkeit äußert sich auch in leiseren Tönen als im sexuellen Akt. Der Traum aber ist perfekt, wenn das Abenteuer auf die Liebe trifft.

„Das ist das beste Buch was ich je in meinem Leben gelesen habe." ‚Shiazu', Rezension auf www.amazon.de

Die Schwarze Witwe. Erotische Erzählung

Erst sieht es aus wie ein Unglücksfall und ein Zufall. Aber schnell kommen Zweifel auf an den Motiven der vollbusigen Blondine, die plötzlich da ist und das beträchtliche Erbe beansprucht.

Als sie für einen Augenblick von der Bühne verschwindet, heißt es, schnell zu handeln: Ein Double muss her, das ihre Rolle übernimmt und das Erbe antritt, bevor sie zurückkehrt. Als Kandidaten stehen allerdings nur Martin, Carsten und Andreas zur Auswahl. Das Los fällt auf Andreas und von einem auf den anderen Augenblick beginnt für ihn das Leben als ‚Simone'.

Jehliçka. Polka im Dirndl

Stefan spielt seit vielen Jahren in seinem Dorf im Musikverein Posaune. Er weiß von der Engstirnigkeit und Skandalsüchtigkeit der Dörfler. Jeder hat seinen Platz im Dorf, jeder muss seine Rolle spielen, genau so, wie es schon immer war – Mann ist Mann und Frau ist Frau. Da gibt es keine Unsicherheiten, kein Verwischen der Grenzen.

Doch dann verliert Stefan eine Wette. Der Einsatz: Er muss das Jahresabschluss-Konzert im Musikvereins-*Dirndl* spielen. Der Skandal ist vorprogrammiert: Diese Gelegenheit werden sich die Dörfler nicht entgehen lassen. Stefan fühlt sich wie die Jungfrau, die in einem grausamen Ritual im erotischen Rausch geopfert werden soll. Zumal die Frauen, die ihn auf seinen Auftritt vorbereiten, keine Kompromisse eingehen: wenn schon im Dirndl, dann richtig!